集英社オレンジ文庫

京都岡崎、月白さんとこ

花舞う春に雪解けを待つ

相川　真

本書は書き下ろしです。

目次

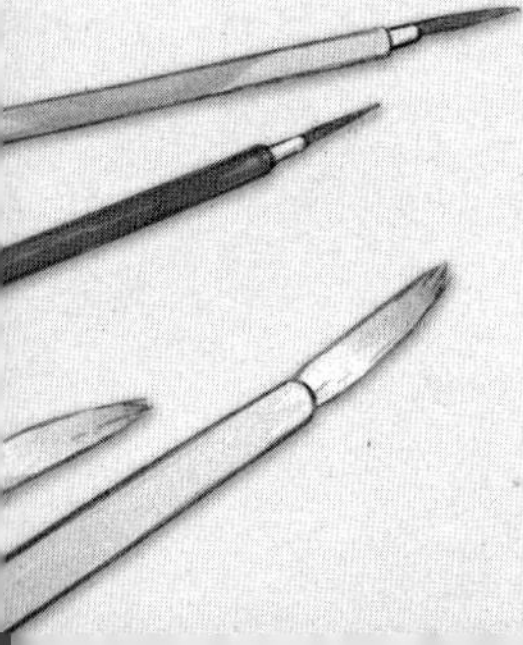

京都岡崎、
月白さんとこ
花舞う春に雪解けを待つ

一　鳳凰館の夕暮れ

1

茜《あかね》は月白邸《つきしろてい》の庭先で、桜の花が風に揺れているのを見つめていた。

絹のような柔らかい白色の中に、淡い紅を溶かし込んだ花びらが、早朝の青い空によく映《は》えている。

吹き抜ける風は、体から冬のこわばりを解くようにあたたかく心地良い。

色濃い春の気配がする。

――京都《きょうと》の東に、岡崎《おかざき》という場所がある。

東山《ひがしやま》のふもとに広がるその一帯は、京都の歴史と文化を集約したような場所だった。

広大な敷地を持ち、朱と緑に鮮やかに彩られた平安神宮《へいあんじんぐう》。巨大な鳥居が青空を背にそびえ、両側には図書館や美術館が立ち並んでいた。

緩《ゆる》やかに流れる琵琶湖疏水《びわこそすい》には、どこからやってきたのか二匹の鴨《かも》の姿がある。ほとりに植えられた桜並木が風に吹かれるたびに、水面《みなも》に落ちた影が柔らかに揺れた。

七尾《ななお》茜は去年の秋、妹のすみれと二人でこの岡崎へやってきた。

茜とすみれは、幼いころに病気で母を失った。その当時は東京の高円寺《こうえんじ》に住んでいたのだが、母の死をきっかけに、父とともに京都の上七軒《かみひちけん》へ越してきた。

そして去年の春、桜を吹き散らすような強い雨の日に、父は死んだ。茜は高校一年生に、すみれは小学一年生になったばかりだった。

茜とすみれは、この世でたった二人きりの家族になった。

御所南《ごしよみなみ》にある叔父《おじ》の家でしばらく暮らしていたのだが、去年の秋口、久我青藍《くがせいらん》という人が、二人を引き取ってくれることになった。

そして紅葉《もみじ》が色づくより少し前、茜とすみれはこの岡崎にある久我青藍の邸《やしき》、月白邸に引き取られたのだ。

月白邸は、黒々とした瓦《かわら》を葺《ふ》いた大きな日本家屋だ。

敷地内の広大な庭には鬱蒼《うっそう》と木々が茂り、季節の草花が所狭しと埋め尽くす、いっそ森と言ったほうが正しい有様だった。

茜は両手で毛布を抱《かか》えながら、その庭をぐるりと見回した。

先日まで花をつけていた桃は若緑の葉を茂らせ、代わりに桜のつぼみがほろほろとほころんで、淡い色の花をつけている。

足元からは春を象徴するような、柔らかな下草があちこち顔を出している。鮮やかな黄金色のタンポポ、上品な紫のオオイヌノフグリ、緑の茎に白い花が開くハコベ。

命の息吹《いぶき》を感じる春の色彩に、茜はほっと顔をほころばせた。

「──茜ちゃん、お湯沸いた！」

開け放したリビングの掃き出し窓から、妹のすみれが飛び出してきた。くくってやったばかりの髪が、頭の高い位置でぴょこぴょこと揺れている。

「うん、ありがと」

茜は振り返って微笑むと、傍《そば》の物干し竿に抱きかかえていた毛布を引っかけた。駆けよってきたすみれが、端を持って手伝ってくれる。茜はぱん、と毛布に空気を含ませた。

「朝ご飯は、何にしようか」

茜とすみれが住まわせてもらっているのは、この庭の先にある平屋の離れだ。小さな台所やトイレに水場までがついた、居候《いそうろう》には十分な建物だった。

朝昼晩の食事と風呂は母屋《おもや》で、料理の好きな茜が主《おも》に食事の準備を担《にな》っている。

今朝はご飯を炊いてないから、パンかホットケーキか……と考え込んでいた茜は、ふと妹がぼんやりと庭を見つめて、立ち尽くしているのに気がついた。

「どうしたの？」

そう問うと、すみれが小さな手で、茜のパーカーの裾《すそ》をぎゅっと握りしめた。

「……桜、咲いてるね」

ああそうか、と茜はすみれの傍にしゃがんで、その小さな頭を撫でた。

「もうすぐ一年だね」

父が亡くなってから、この春で一年になる。

脳梗塞《のうこうそく》で死んだ父は、その日の朝までいつもと同じだった。偏頭痛《へんずつう》がすると言うから、茜は薬と水を置いて、すみれと一緒に学校に行ったのだ。

それきりだった。

「お父さんと、またお花見したいなあ」

すみれがそうつぶやいた。

去年の春、父と妹と三人でお花見をした。上七軒で喫茶店を営んでいた父は、わざわざその日曜日を休みにしてくれたのだ。

そのころ疲れ気味だった父をおもんぱかって、近場にしようと鴨川のほとりで弁当を広げた。春の青空に満開の桜が淡く広がっていて、風が気持ちよかったのをよく覚えている。

その時、来年も再来年もお花見をしようねと、軽い気持ちで約束をした。

茜はすみれの手を握ったまま、自分も地面に視線を落とした。

一年経《た》っても、哀《かな》しさもさびしさも薄れることがない。

ぐ、と胸が詰まる思いを、茜がなんとか飲み下そうとしていた時だった。

「——茜」

呼びかけられて振り返った先。

ぶわり、と嵐のような春の風が、干したばかりの毛布をはためかせる。

リビングの縁側で、着物の青年がこちらを向いていた。

「……青藍さん」

久我青藍は、この月白邸の家主《やぬし》だ。

高い身長と端整な顔立ち、切れ長の瞳は黒曜石のような深い黒色。それは今、眠たそうに細められている。紺色の浴衣《ゆかた》は、いつも寝間着代わりに彼が使っているものだった。

縁側から草履《ぞうり》を履《は》いて降りると、青藍は茜とすみれの傍までやってきた。のそりと気《け》だるげに動く様は、獣のしなやかさを感じさせる。

ふわりと香るのは、部屋でいつも薫《た》いている白檀《びゃくだん》だ。

それに混じってわずかな墨の匂《にお》いがした。よく見ると指先にも、絵具の鮮やかな色彩が散っている。

青藍は絵師だ。

この春で二十七歳になる彼は、画壇では天才絵師の名をほしいままにしている。

茜は立ち上がって微笑んだ。

「おはようございます。珍しいですね、こんな朝早くに」

青藍は完全な夜型だ。いつもは朝、すみれが仕事部屋まで起こしに行って、半分眠っている青藍を、押したり引きずったりしてリビングに連れてくるのだ。

青藍が気まずそうに視線を逸《そ》らした。

「…………起きてた」

「また徹夜したんですか？」

茜は思わず青藍の顔を見やった。偏頭痛持ちの青藍は、その原因である昼も夜もない生活を、茜とすみれの手で改善に導いている最中だ。

「絵具見てたら、どうしても試してみたなって……」

青藍が言い訳をするようにもごもごとつぶやいている。

その足にどんっとすみれがぶつかった。青藍の腹に顔を埋めるように、ぎゅうと抱きついている。その小ささと柔らかさに、青藍が身を引いた。小動物に怯《おび》える獣のように見える。

やがてその大きな手がすみれの髪をゆっくりと撫でた。青藍の瞼《まぶた》が、悼《いた》むように伏せられる。

「――もう一年になるんやな、樹《いつき》さんが亡《の》うなって」

茜はつとめて明るく振る舞おうとした。

「お庭の桜もあちこち咲いてて、春だなって思ったら……」

途端に息が詰まりそうになって、茜はそこで言葉を切った。淡い桜色から目を逸らす。

ぽす、と頭の上にあたたかなものが乗った。

青藍だ。

妹の小さな頭に右手。茜に左手。

乗せたはいいものの、どうしていいかわからないのだろう。不器用にぐしゃぐしゃと髪をかきまぜて、その手はさっさと離れていった。

「茜、朝ご飯」

そう言って、青藍はすみれの手を引いて母屋に向かって歩き出す。その後ろ姿を見ながら、茜は自分の頭にそっと手をやった。

さっきまで胸にわだかまっていた、息の詰まるような苦しさがほろりと溶けている。

さびしさと哀しさからは逃げられない。

けれど顔を上げて進む先に、あたたかな手があることもまた茜は知っている。

茜は慌《あわ》てて青藍とすみれを追いかけた。縁側からリビングに上がって庭を振り返る。

「青藍さん、わたしお花見行きたいです」

茜がそう言うと、青藍はふ、とその口の端《は》に笑みを浮かべた。

「悪ないな」

すみれが青藍の手をぎゅっと握りしめて、その顔を見上げた。

「約束？」

「ああ……約束しよか」

その約束だけで、視界に映る庭の春がいっそう鮮やかに色づくように、茜には見えた。


月白邸のリビングは、あたたかさを感じる木造で、南向きの窓からたっぷりと太陽の光を取り込んでいた。

ダイニングには丸太をスライスして合わせたような、歪《いびつ》な形をした大きなテーブルが一つ。その周りをぐるりと囲むように、形の違う椅子が置かれている。

このテーブルも椅子もリビングの内装も、この月白邸の、かつての住人たちが手がけたものだ。そのころの月白邸は、芸術家や職人たちが好き勝手に入《い》り浸《びた》っていたそうだ。

茜は薬缶《やかん》に水を注いで火にかけると、冷蔵庫から卵と牛乳を出して、小麦粉とベーキングパウダーと砂糖と卵を適当に混ぜ合わせた。

それをフライパンで丸く焼いている間に、すみれ用のヨーグルトを取り出して、ついでに小さな鍋でホットミルクを作る。

家主である青藍は、朝は和食派である。だが朝食の時は半分寝ながら食べているので、洋食にしてもたぶん気づかないだろうと、最近は茜も微妙に失礼なことを考えている。

コーヒーの準備をしているところで、リビングの暖簾《のれん》をくぐって、もう一人青年が顔を出した。

「おはよう、茜ちゃん」

金色に染められた髪が、差し込む陽光にまぶしく輝いている。煮出した紅茶のような甘やかな茶色の瞳が、柔らかく微笑んでいた。

紀伊《きい》陽時《はるとき》は、青藍と同い年の青年だった。

絵具商で、絵師である青藍の画材一切を管理している。月の半分以上をこの月白邸で寝起きしているせいで、半ば居候のようになっていた。

細身の引き締まった体に、ざっくりと首筋の開いたカットソーを着て、春めかしい青みの強いデニムを合わせている。

ふあ、とあくびをすると、その首筋を金糸《きんし》がかすめた。端が甘く垂れた瞳がゆるりと伏せられるのが妙に色気があって、見てはいけないものを見ているような気がして、茜は慌てて目を逸らした。

陽時がリビングのソファに目をやって、うわ、と眉を寄せた。

「青藍、またここで寝てんの？」

ソファでは限界を迎えた青藍が、眠気に負けてぐったりと横になっていた。その腹に頭を預け、床に座り込んでテレビを見ていたすみれが、ぱっと顔を上げる。

「おはよう、陽時くん！」

「おはようすみれちゃん」

陽時の目尻がへにゃ、と下がる。この人はどうにもすみれの笑顔に弱いのだ。

陽時は片手に持っていたジャケットを椅子に引っかけると、キッチンに入ってさっと手を洗った。

「おれ、コーヒー淹《い》れるよ」

湯が沸いた薬缶を手に、コーヒーの準備をしてくれる。そつがなさそうな雰囲気を出しているが、この人がまともにできるのはこれくらいだ。

茜とすみれが来るまで、この月白邸の家事のほとんどは外注だったそうだ。

洗濯はクリーニング、掃除は業者、食事は出前か外食か食べないかだった。二人とも仕事で忙しいからだと思っていたのだが、どうやら青藍にも陽時にも家事の素養がないからだと知った時、茜は開いた口が塞《ふさ》がらなかった。

陽時が慎重な手つきでコーヒーを淹れてくれたあたりで、茜は焼きたてのホットケーキを二枚ずつ、それぞれの皿に乗せた。

冷蔵庫からもらいもののバターを一かけらずつ乗せて、蜂蜜と苺《いちご》ジャムの瓶をそのまま食卓に置く。

昨日の残り物で作ったコンソメスープを器に注いでいると、朝食の気配を察したすみれが、床からぴょんと跳ね起きた。その衝撃で、すみれの頭を腹で支えていた青藍が、うっとうめく。

うっすらと目を開けた青藍を、すみれがソファから引きずり起こした。

「ご飯だ、青藍、行くよ！」

うとうととしているその手を引いて、すみれは青藍をいつもの席へ座らせる。どちらが子どもかわかったものではない。

「食べたら寝てくださいね、青藍さん……」

「……そうする」

青藍がまだ幾分ふわふわとした様子でそう言うのを聞いて、茜はくすくすと笑った。

ナイフは面倒なので、フォークを使ってホットケーキを切り分けると、溶けたバターの甘い匂いがした。

隣で一切れ頬張った陽時が、にこりと笑う。

「おれ、このちょっと固いホットケーキ好きなんだよね。おいしいよ、茜ちゃん」

このさらりと褒《ほ》めてくれるそつのなさが陽時だ。

「パンケーキってあのふわふわのやつもあるでしょ。一回朝に作ってもらったんだ。おいしかったんだけど、しゅわしゅわしてて、いまいち食べた気がしなかったんだよね」

あっという間に二枚のホットケーキをたいらげた陽時は、満足そうにコーヒーをすすった。

陽時とは反対に、ホットケーキを腹に収めるのに四苦八苦している小食気味の青藍が、ふん、と鼻で笑った。

「いつ、誰に作ってもろたんか知らんけどな」

ぐ、と陽時が詰まった。

陽時が月白邸にいない時は、女の人のところに泊まっているらしいと茜も知っている。陽時にはそういう割り切った付き合いの〝お友だち〟が何人かいるそうだが、茜も深くは追及しない。

陽時がちらりと茜とすみれを見て、気まずそうに視線を逸らした。

それ以上すみれの前でこの話を広げないでほしい、と茜がじろりと見つめると、陽時がぎゅっと口を引き結んだのがわかった。

だが口を開いたのは、当のすみれだ。

「陽時くんには、女の子のお友だちがいっぱいいるんだもんね。みんな、お料理が上手なの？　いいなあ」

「そんなにいっぱいはいません！」

陽時がおろおろと手からフォークを取り落としたのを見て、これは茜が笑ってしまった。

陽時は両手でコーヒーのカップを包み込んで、ふてくされたように口をつけた。

「……最近は、茜ちゃんの朝ご飯しか食べてないし」

去年の秋口、茜たちが月白邸に越してきたころから比べると、陽時が月白邸に泊まる回数はずっと多くなった。夜にいない日でも、次の日の朝には共に食卓を囲んでくれるようにもなった。

陽時と〝お友だち〟との関係はたぶん褒められたものではないけれど、彼なりの線引きと悩みがあることも、茜はほんの少しだけ知っている。

だからこの人が月白邸に帰る日が増えていくことに、茜はほっとしている。——本当は陽時のことを一番気にかけている青藍が、同じ思いでいるだろうということも。

朝食後、青藍は自分の部屋に戻るのも億劫《おっくう》なようで、そのままリビングのソファで毛布に丸まってしまった。

「青藍さん、風邪ひきますよ」

茜が声をかけると、ううん、とも、うん、ともつかないもそもそとした声が聞こえて、それきり沈黙してしまった。

顔をのぞき込むと、そのきれいな顔の眉間《みけん》に皺《しわ》を寄せて眠り込んでいる。気配を察したのか、片目だけうっすらと開いて茜の顔を確認して、またふっと目を閉じてしまった。

月白邸に越してきた当初、あの長身から威嚇《いかく》するように睨《にら》みつけられたことを思えば、野生の獣を手なずけたような気すらして、少しばかり可愛く感じる。

だが本格的に寝るなら部屋に戻ったほうがいい。起こそうかどうしようか茜が迷っていた時だった。

リビングでノートパソコンを広げていた陽時が、あ、と小さな声を上げた。

陽時は実家の紀伊家が営んでいる、絵具商の仕事をしている。営業で外に出る時は終日帰ってこないが、月白邸でパソコンを広げている時もあるのだ。

ずかずかとソファの前までやってきた陽時が、青藍の毛布をひっぺがした。

「起きろ、青藍。仕事」

不機嫌そうに獣が目を開ける。その視線を一瞥《いちべつ》して、陽時が言った。

「――海里《かいり》さんからメールあった。会いたいから来いってさ」

その瞬間、青藍の目がわずかに見開かれて、少しばかりの沈黙のあとにもそ、と毛布を頭まで引き上げたのがわかった。

「あ、こら、逃げんな青藍」

「……海里さんの仕事やったら、この間仕上げたやろ。会うんはいやや」

「じゃあ自分で言えよ」

「陽時が断ったらええやろ」

「おれ、絶対嫌だからね」

苦手なものの押しつけ合いをしているような二人を、茜は不思議そうな面持《おもも》ちでじっと見つめていた。

ややあって、青藍が諦《あきら》めたようにのそりとソファから身を起こした。眉間に深く皺を寄せて、苦いものを嚙み砕いて飲み込んだような顔をしている。

「お仕事ですか?」

そう問うた茜に、うなずいたのは陽時だった。

――西宮《にしみや》海里という人は、いわゆる『骨』の職人なのだという。

「骨?」

茜がそのまま繰り返すと、陽時がそう、と続けた。

「扇子《せんす》の竹の部分を、扇骨《せんこつ》とか骨って言うんだ。その扇骨の部分を、竹から削り出してくれる職人さんだよ」

月白邸は——前の家主である月白《つきしろ》が亡くなるまで、『結扇《ゆいせん》』という扇子屋を営んでいた。

扇子作りは分業制だ。

紙は紙屋に漉《す》いてもらい、それを持って絵師のところへ向かう。扇骨は扇骨職人が削って、それらを集めて回って、組み立てて卸《おろ》すのが『結扇』の扇子屋としての商売だった。

「月白邸が『結扇』やったころ、西宮さんとこもまだ先代がやったはって、月白さんとも仲がよかったんや」

青藍が寝転がっている間に着崩れた藍《あい》の着物を、さっと整えた。

西宮海里は扇骨屋『にしみや』の長男だ。今は弟の岳《たける》とともに、すでに引退した父の跡を継いでいる。

陽時が青藍の隣に腰を下ろした。

「海里さんはおれらの四つ上で、先代と一緒によく月白邸に来てたんだ。うちにいた職人さんたちとも顔見知りだったんだよね」

月白邸が『結扇』であったころ、この邸には先代の家主である月白を慕《した》って、たくさんの芸術家や職人たちが、入り浸ったり適当に住み着いたりしていたらしい。

　おのおのが好き勝手に邸を増築したり改造したり、庭に妙なオブジェや彫刻を作っていた。そのおかげで母屋は今も迷路のようだし、草に埋もれた庭の複雑な形のオブジェには、野良猫が住み着いている。

　月白は邸を勝手に改造しても、庭に無断で陶芸用の窯《かま》を設置しても、笑って面白いと言う人だった。青藍も陽時も学生のころからこの月白邸で、芸術家や職人たちとともに暮らしていたのだ。

　茜の向かい側で、青藍がまた眉間の皺をぎゅっと深くした。

「……できれば、海里さんとは会いたないな」

　どうやら青藍はその西宮海里という人のことを、ずいぶん苦手に思っているようだった。

　青藍はそもそも人嫌いだ。

　仕事に対して偏食で、自分が面白いと思ったものしか受けない。わざわざ月白邸を訪ねてきた依頼者を、会わずに追い返すことも珍しくなかった。

　画壇では『新進気鋭の天才絵師』とともに、『人嫌いの変人絵師』とも呼ばれていて、名誉なのか不名誉なのかよくわからないと、いつも茜は思う。

　陽時が隣の青藍を見やった。どこか気の毒そうなものを見る表情をしている。

「とにかく、海里さんが来いって言うんだから、顔見せたほうがいいよ。……それでなくても六年、まともに顔も合わせてないんだから」

青藍が、うっと詰まったのがわかった。

六年前、この邸の先代である月白が亡くなった。

それをきっかけに、ここに住んでいた芸術家や職人たちはみな出ていき、月白邸は、月白の弟子でこの邸を継いだ青藍と、時折泊まりに来る陽時の二人だけになった。

月白の死は青藍を苛《さいな》んだ。

半年前に茜とすみれが引き取られるまで、青藍はほとんどこの邸に引きこもったまま、だれとも会おうとしなかったそうだ。

「これまでも、海里さんが会いたいって言ってるの何回か断ってるだろ。これ以上渋ると、あとが怖いよ」

陽時のそれが最後の決め手になったのだろう。

「……わかった」

表情の乏《とぼ》しい青藍にしては珍しく、悲壮なほどの覚悟を決めた顔でうなずいたのだった。

青藍がふてくされたようにソファで眠ってしまったあと。茜は陽時に問うた。

「その西宮さんという人は、どういう方なんですか」

青藍がこれほど苦手意識を前面に出すのも珍しい。本来は他人に好きも嫌いも興味ない人だからだ。

陽時が少し考えて、やがてぽつりとつぶやいた。

「正しい人」

陽時の表情にはほんの少しの恐怖と気後《きおく》れ、そしてどこか絶対的な安心感がある。その西宮海里という人を、陽時はずいぶんと信頼しているのだろうか。

正しい人とは、いったいどういう意味なのだろう。

2

岡崎《おかざき》の月白邸《つきしろてい》から、平安神宮《へいあんじんぐう》の朱色の鳥居をくぐって南下する。

疎水《そすい》を覆《おお》うソメイヨシノの枝には、ふっくらと膨《ふく》らんだ薄桃色のつぼみが並んでいた。空に近い枝先からほろほろとほころんで、三分《さんぶ》咲きほどになっている。

自然の何もかもが本格的な春を待ち望んでいる。そんな気配がした。

青蓮院《しょうれんいん》の横を抜けると、その先は知恩院《ちおんいん》の参道になっていた。そこで車を降りた茜《あかね》と青《せい》藍《らん》は、山中へ続く知恩院の参道を横目に、円山《まるやま》公園へ向かう道を抜けた。

円山公園は春、しだれ桜の名所として、京都の花見スポットの一つになっている。

正面には大きなしだれ桜が、ゆったりと細い枝を春の風に揺らめかせていて、すでに一つ二つ、花がほころんでいるのが見えた。

春だなあ、と気持ちよく眺めていた茜の前で、青藍がふいに藍染《あいぞ》めの羽織を翻《ひるがえ》した。

「……行きたない」

「あっ、青藍さんだめですよ！」

青藍はすぐに道を戻ろうとするので、茜はそれを一生懸命引っ張っていかなければならなかった。往生際《おうじょうぎわ》の悪いことである。

茜は陽時《はるとき》に頼まれて、青藍の助手兼監視役というアルバイトを引き受けている。

今回も今朝まで渋り続けた青藍を、なだめ引きずって車に押し込んで、やっとここまで連れてきたのだ。

青藍の仕事相手に会うような、よそ行きの服なんて持っていないから、こういう時、茜は高校の制服を着ることにしている。

制服の女子高生と身の丈《たけ》のある着物の男が、行きつ戻りつしているのはずいぶん目立つのだろう。気の早い花見客からの居心地の悪い視線を感じながら、茜はこぼれそうになるため息を飲み込んだ。

石造りの西洋館、長楽館《ちょうらくかん》を通り過ぎて右手へ折れる。八坂《やさか》神社の南楼門《みなみろうもん》が見えたところで、青嵐は両脇をマンションに挟まれたその細い路地を曲がった。

その先で、深い緑青《ろくしょう》の門が路地を塞《ふさ》いでいる。

青藍が無言で押し開けた先を見やって、茜は思わず息を呑んだ。

そこから先は小さな異国の光景だった。

目の前に建っているのは、鮮やかな赤煉瓦《れんが》造りの西洋館だ。

中央には細身の尖塔《せんとう》があり、天辺《てっぺん》近くに白い文字盤の大時計が、六時半ごろの中途半端な時間を指して止まっている。

そこから羽を広げるように、左右対称に建物が続いていた。上部が半円になった窓が規則正しく並び、やや歪《ゆが》んだ窓ガラスが庭をゆらりと反射している。

東向きの玄関には石造りの玄関ポーチ。四角い煉瓦の柱には、葡萄《ぶどう》の房がぐるりと巻きついたような真鍮《しんちゅう》の飾りが纏《まと》わせてある。

玄関からは柔らかな芝生の庭に、苔《こけ》むした石畳が延びていた。

その邸《やしき》は『杉山邸《すぎやまてい》』と呼ばれているそうだ。

「明治時代に建築された西洋館なんやて。先代が先年に亡くならはって、売りに出されたんを海里《かいり》さんが買わはったて聞いた」

青藍が眉間《みけん》に深い皺《しわ》を寄せて、煉瓦の館へ続く石畳を踏みしめた。

よく見ると石畳は二方向に分かれていた。玄関へ向かうものと、館をぐるりと迂回《うかい》して裏手へ向かうものだ。そちらのほうは庭の端でふつりと途切れていた。

かつてこの庭はもっと広かったのだろう。それが館の周りを残して、陣地を切り取られるようにマンションの敷地になっている。

庭も館も日が入らずどこか薄暗い。茜はまるで、谷底から空を見上げているような感覚に陥《おちい》った。

二人が玄関ポーチにたどり着くと、見計らったかのように軋《きし》むような音を立てて、飴色《あめ》の木でできた重そうな扉が中から押し開けられた。

無意識にだろうか、青藍が背筋を伸ばしたのが茜にもわかった。

「――久しぶりやなあ、青藍」

扉を開けたのは細面《ほそおもて》の美丈夫《びじょうふ》だった。体躯はひょろりと細く、体質なのか抜けるような白い肌をしていた。

折り目のついたスラックスに、皺一つない白のシャツ。ベストの三つボタンはきっちりと一番上まで留《と》められ、細身の黒いタイを締めていた。

身長は茜より少し高いくらい。

切れ長の一重《ひとえ》の目が、きゅう、と細められるのを見て、茜は稲荷大社《いなりたいしゃ》で見たことのある、狐の面がふと頭に浮かんだ。

彼が西宮《にしみや》海里その人だった。

海里の口元はいっそ朗《ほが》らかとも言えるほど微笑んでいるのに、どうも空気が冷たい。青藍がぎこちなく頭を下げた。

「……お久しぶりです」

視線があちこち泳いでいて、うろたえているのが見ていてわかる。海里がふん、と鼻で笑った。

「久我《くが》の名前と月白《つきしろ》さんの跡を継いどいて、いつまであの邸《やしき》に引きこもってるつもりなんかて、ぼくもえらい心配したんえ？」

青藍が無言で瞼《まぶた》を伏せる。

「現実から逃げ回るんは、さぞ楽やったんやろうなあ、青藍」

限界まで研ぎ澄まされたナイフのような言葉が、容赦なく青藍を突き刺した。

──六年前の冬、青藍の師、月白が死んだ。

それからずっと青藍は、たった一人で月白の遺《のこ》した課題と向き合って過ごした。

月白邸に引きこもり、ほとんど誰とも会わず、時折ほそぼそと仕事だけをして、あとは孤独の泥濘《でいねい》の中で膿《う》んだような毎日を送っていた。

壊れたようなその年月は青藍にとって、耐えがたい孤独とさびしさの六年間だ。それは月白という存在の重さそのものだった。

茜はたまらなくなって、あの、と海里と青藍の間に割って入った。

簡単に逃げるとか言わないでほしい。

茜が口を開こうとした時、ぽんと遠慮がちに茜の頭に何かが乗った。青藍の手だ。見上げると青藍が小さく首を横に振っていた。

何も言うな、ということだろうか。

青藍はその体軀をゆっくりと折り曲げて、海里に頭を下げた。

「ご無沙汰《ぶさた》しました……戻りました」

それをちらりと見た海里が、ふんと鼻を鳴らして背を向けた。館の重い木の扉を引き開ける。

茜が不満そうに青藍を見上げると、唇の端だけで困ったように笑っていた。

「海里さんが正しい」

海里は正しい人だ、と陽時もそう言っていた。その時の陽時と青藍も同じ表情をしている。少しの恐怖、気後《きおく》れ。そして安心感。

自分たちを招き入れてくれる海里を、茜は注意深く見やる。

この人は、青藍たちにとってどういう存在なのだろうか。

——明るい外から薄暗い館の中へ足を踏み入れると、目が慣れるまでにずいぶん時間がかかった。

どうやら吹き抜けらしい天井から、細く長い鎖につるされた電灯が下りている。傘のようなランプシェードが折り重なった、小ぶりのシャンデリアだった。

ぼんやりと橙《だいだい》色の明かりが灯《とも》っている。

目が慣れてくると、そこがずいぶんと広い円形の玄関ホールだとわかった。

柔らかな曲線を描く階段が両側から二本伸びていて、二階の回廊に繋がっている。見上げると天井は寄木《よせぎ》細工のような、細やかな木の細工が施《ほどこ》されていた。

吹き抜けから光をたっぷりと取り込めるように、二階の壁面には大きな窓が切り取られている。だが今は、周囲に屹立《きつりつ》するマンションに阻《はば》まれて、ぼんやりと薄明かりが差し込むばかりだった。

海里が首だけで青藍を振り返った。

「あの六年で絵師として腕でも落ちてようもんなら、どうしてやろうかと思たけど——」

円形のホールには、玄関から奥に向かってぐるりと帯のように障壁画《しょうへきが》が描かれていた。

縁《ふち》を金色の細い枠が覆《おお》っている。

淡い明かりに目が慣れて、その障壁画の全容が明らかになる。

「――その腕、なくさへんでよかったな」

海里のどこか誇らしげな声が聞こえた。

目の前に広がるその絵は、茜を圧倒した。

それは時代をこえた風景画だった。

抜けるような瑠璃《るり》色の青空の下、往来《おうらい》を様々な人が行き交っている。

着物の家族もいれば、海老茶《えびちゃ》色の袴《はかま》を身につけた女学生たちが数人集まって話している姿もある。ドレス姿で傘を差した婦人と、タキシードにステッキを持った紳士が気取った様子で歩いていた。

「この館が建ったころの、岡崎の姿や」

青藍がぽつりとそう言った。

左側には鮮やかな朱と緑で彩られた平安神宮。右側には整備され始めたばかりの疏水が見えた。

傍《そば》を路面電車が走り、その横を人力車が通り過ぎていく。

明治維新で首都が東京に遷《うつ》ったあと、京都は一時、都としての活気を失っていた。その街に力を呼び込もうと、平安遷都《せんと》千百年を記念して誘致《ゆうち》されたのが、明治二十八年の内国勧業博覧会だ。

平安神宮はその時に建てられたもので、社殿はかつての平安京の内裏《だいり》を復元して建築されたものだった。

琵琶湖《びわこ》疎水やそれを利用した水力発電、インクラインなど近代の設備が整えられるなか、この博覧会をきっかけに、京都には日本で初めて路面電車が走るようになった。やがて平安神宮の周囲は現在の岡崎公園として整備され、動物園などが次々と造られる。

ここ岡崎はそうして、文化と歴史の街になった。

青藍の指先が、己《おのれ》の描いた絵の端に触れた。

「古い京都の文化と新しい近代の文化が、ここでちょうど混ざり合ったんやてぼくは思う。岡崎はそういう街や」

着物とドレス、田畑や木造の平屋と煉瓦造りの西洋館。路面電車と人力車が併走し、時代の流れそのものをごったに煮込んだような、そういう時があった。

「その歪《いびつ》さが、美しいとぼくは思う」

青藍がぽつりとそう言った。

円形の障壁画は、両側の壁をぐるりと巡って玄関の正面、一番奥で一つに繋がっていた。

そこには、この館が描かれていた。

白く丸い文字盤のついた時計塔と、そこから両翼を広げたような美しい館だ。

赤煉瓦の細部まで一つ一つ彫り込まれたかのように陰影があり、柔らかな陽光の照らす芝生の中に静かにたたずんでいる。

「きれいなもんやな……」

海里の口から、ほろりとそうこぼれたのを茜は聞いた。

海里の目は青藍の絵に釘付けになっている。どこか恍惚《こうこつ》とした光を宿して、青藍の障壁画に見入っているようだった。

自分もきっとそうなのだろうと、茜は思う。

青藍の絵は美しい。

静かなたたずまいの平屋の家々と東山の峰々の深緑、鼠《ねずみ》色や松葉色の着物姿は、見たこともないはずなのに、どこか胸をつかまれるような懐《なつ》かしさを覚える。

同時に細やかな陰影の落ちる赤煉瓦の館、建てられたばかりの、陽光に鮮やかな色彩をはらむ平安神宮。誇らしげにすら見える、路面電車とピカピカの線路。そして白いレースの傘を差し、艶《あで》やかなドレスを纏った貴婦人の姿に、この時代の——文明開化の輝きと期待を感じるような気さえした。

見るものの心を動かすのが美しい芸術なのだとしたら、これ以上はないと茜は思う。

「青藍さんの絵は、本当にきれいです」

美しいものは美しいと、そう言葉にするしかない。

青藍に出会って茜はそれを思い知らされた。

青藍が口の端に笑みを浮かべた。

「当然や。ぼくが描いたんやからな」

青藍は自分の腕を謙遜《けんそん》しない。

己の描くものの美しさを確信している。それはだれより——美しいものに真摯《しんし》であるからだと、茜は思うのだ。

玄関ホールから緩《ゆる》やかに続く階段を上り、吹き抜けの回廊に出る。先に続く廊下を右手に進むと小さな扉があった。その部屋を、今は事務所兼応接室として使っているそうだ。

中は洋風のこぢんまりとした部屋で、大きな革張りのソファセットと、壁面に真新しく作り付けられた棚だけというシンプルな設《しつら》えだった。

インスタントしかないからと、そう断った海里は、青藍と茜の前にそれぞれコーヒーの入ったカップを置いてくれた。

そして海里の細く切れ長の、狐のような瞳が茜を捉《とら》える。

「君が茜ちゃんやね。月白邸に住んでるていう」

茜は慌《あわ》ててソファから立ち上がった。挨拶《あいさつ》もまだだったと気がついたのだ。

「七尾《なな お》茜です。妹と二人で、青藍さんにお世話になっています」

ぺこりと頭を下げると、海里の柔らかな笑い声が聞こえた。

「そんなかしこまらんでもええよ。青藍がえらい世話んなってるて、遊雪《ゆうせつ》さんが言うたはったわ」

遊雪はかつて月白邸に住み着いていた、芸術家の一人だ。今は清水寺《きよみずでら》の近くで陶芸教室を営んでいる。陶芸家らしい筋肉質の体と猛禽《もうきん》類のように鋭い瞳を持った男で、この冬に割れた酒器を直してもらった時、茜とも顔見知りになっていた。

海里はどうやら、頻繁《ひんぱん》に遊雪と連絡を取り合っているようだった。この冬、青藍が遊雪を訪ねたことがきっかけで、海里から月白邸に連絡があったそうだ。

座れと海里に視線で促《うなが》されて、茜はソファに腰を下ろした。

「青藍を手伝《てつど》うてくれてるんやてな。ありがとうな」

「いえ。わたしたちがお世話になっているので」

茜は慌てて首を横に振った。海里の瞳が柔らかい色を帯びたような気がした。そしてふ、と肩を震わせる。

「どうせわがままばっかりで迷惑かけてるんやろ。外出たないとか眠たいとか、子どもみたいにだだこねて」

「いや、そんな……」

茜は曖昧《あいまい》に笑って視線を逸《そ》らした。青藍を外に連れ出すのが、大仕事なのは事実なのだ。

ほら見たことか、と海里が青藍を横目に鼻で笑った。

「これは、絵しか取り柄《え》のあらへん阿呆やからな」

だがそれは逆に言えば、海里は青藍の絵の腕は認めているということになる。障壁画を見つめている時の、あの恍惚とした情熱的な瞳を茜は思い出した。

「あの絵は、海里さんが依頼したんですか？」

そう問うと、海里はうなずいた。

この館──『杉山邸』は明治時代、内国勧業博覧会の折に建築され、代々杉山家が維持してきた西洋館だ。それが昨年売りに出され、海里が買い取ったのだという。

「うちももう、ただ竹を削ってるだけやったら、食いっぱぐれてしまうさかいね」

海里は苦笑した。

京都の伝統産業は、その深く華々しい文化性とは対照的に、苦境に立たされているところも少なくない。扇子《せんす》業界もその一つだ。

岡崎を育《はぐく》んだ新しいものと古いものは確かに美しい。けれどそれは常に、食うか食われるかの関係にあることも確かだ。

「『にしみや』は弟が継いだんやけど、ほうっておいたら潰《つぶ》れそうやから、ぼくがなんとかしたらんとね」

茜は瞠目《どうもく》した。茜自身は気にしたことはないが、世襲制の家業は長男が継ぐことが多いような気がしたからだ。茜の表情に気がついたのだろう。

海里が自分の指先を握りしめた。

「ぼくは体がそう丈夫やあらへんさかいね。弟は風邪もめったにひかへん人やし、親父もそっちのほうが安心なんやろ」

どこか諦《あきら》めたようにそうつぶやく。光を透かすような白い肌も、その線の細い体軀も海里自身が己の体にままならなさを感じているように見えて、胸の奥が痛んだ。

沈んだ茜の表情を見たのだろう。青藍がため息交じりに言った。

「海里さん、茜はそういうの、ちゃんと本気にするんでやめてもらっていいですか」

茜が慌てて顔を上げると、海里はすっと明後日《あさって》の方を向いている。青藍がしらっとした表情で彼を見やった。

「この人が体が弱かったんはほんまやし、弟の岳《たける》さんに家を譲ったんもそれが理由やけど、そんなことで落ち込む人やあらへん」

扇骨屋《せんこつや》『にしみや』の技術を、さっさと弟に託した海里は、自分も一員としてその存続のために様々な手を打ってきた。

全国の百貨店への出店や雑貨屋への卸《おろし》ルートの開拓、ＷＥＢショップの展開や、海外向けの商品の開発などだ。

「『にしみや』の専務の椅子に座って、好き勝手やったはるて聞いてるし」

青藍がここぞとばかりに続ける。

「──なんやぼくに言いたいことでもあるんか？」

狐の面がにこりと笑ったような気がして、青藍がびくっと背筋を伸ばしたのがわかった。蛇に睨《にら》まれた蛙《かえる》のように見えて、どうにもおかしい。

最近の海里は扇骨だけではなく、『にしみや』の職人たちの腕を活かした、竹細工や透かし彫り細工の売り出しなども始めた。これが存外好評で、そろそろ実店舗を持ってもいい時期になった。

その候補として上がったのが、杉山邸である。

「今までは卸だけでやってきたけど、そろそろやなて思てね。流行《はや》りのカフェ併設で、ここを一店舗目にするつもりなんや」

そう話す海里の瞳の奥に輝く光がある。夢を語る人の情熱の光だ。

「それで、ぼくの絵を人寄せにするつもりですか」

青藍が半ば呆《あき》れたように問うと、海里はあっさりとうなずいた。

「ええ宣伝になるやろ」

その即物的な態度を、青藍は別段気にした風もない。この人は自分の好きな絵さえ描くことができればそれでかまわないのだ。

だが茜は胸の内がもやもやとするのを感じた。

確かに青藍の絵を欲しがる人は多い。この絵が十分に宣伝効果を持っていて、青藍も別にそのことを気にしているわけでもない。

海里はたぶん合理的で、ビジネスライクな考え方をする人なのだ。

だから――悩んだり立ち止まったりすることもないのかもしれない。月白を亡くした青藍に、あんな風に言えるのかもしれない。

茜はその気持ちを消化できないまま、手持ち無沙汰にコーヒーをすすった。

――その時だった。がたりと階下で音がして、海里がため息交じりに立ち上がった。

「……またか」

海里について、二階の回廊から階下の玄関ホールを見下ろすと、茜は目を瞬《しばたた》かせた。見知らぬ少年が、ホールの真ん中にたたずんでいる。

海里が腕を組んで鬱陶《うっとう》しそうな顔を隠しもせずに、階下に向けて言い放った。

「また来たんか。不法侵入やて言うてるやろ」

彼が顔を跳ね上げた。自分を見下ろす海里を睨みつけている。

短く切りそろえられた黒髪に、意志の強そうな瞳。着ているのは高校の制服だろうか、白いシャツにベージュのニットベストを重ねている。

肩から提《さ》げているスクールバッグは、はち切れそうなほど膨らんでいた。

茜のあとをのそのそとついてきた青藍が、興味なさそうに海里に問うた。

「誰ですか？」

「前ここに住んだはった、おじいさんの知り合いなんやて。名前は聞いてへんから知らん」

海里が大仰《おおぎょう》に嘆息しながら、回廊の手すりにもたれかかって階下を見下ろした。

「毎度毎度、どこから入り込んでんのや」

「ここは十蔵《じゅうぞう》のじいさんとおれの場所や。そっちが出ていけ」

少年の目には複雑な光が宿っている。両手をぎりぎりと握りしめているその様は、尋常ではなかった。

だがその光景におろおろとしているのは、茜ばかりだった。

頬杖《ほおづえ》をついて階下を見下ろす海里は、面倒そうな表情を隠そうともしない。青藍はすでに飽きてしまっているようで、ふあ、とあくび交じりに応接室に戻ろうとしていた。

青藍はあまり人と関わろうとしない。世間で言われているような人嫌いというより、あまり他人に興味がないのだと茜は思っている。

その青藍を引き留めたのは、少年の声だった。

「──おれたちの場所に、こんなニセモノの絵なんか飾りやがって」

途端に青藍が振り返ったのがわかった。

少年は階下の玄関ホールで、その正面に描かれた青藍の絵を、燃えるような瞳で睨みつけている。

そこには青藍が描いた、この西洋館があるはずだった。

「偽物《にせもの》?」

青藍が問うと、少年の瞳がぎろりとこちらを向いた。

「この絵にはホウオウがおらへん。ここのこと何も知らんくせに。ここから出ていけ!」

ガンっとすぐ傍から鈍《にぶ》い音がして、茜は思わず肩を跳ね上げた。

海里だ。今まで頬杖をついていた木の手すりを、思い切り足で蹴りつけたらしかった。

狐のような細い目がすっと温度をなくし、階下の少年を見下ろしている。

「お前、今なんて言うた？」

ぞくりとするほど冷たく思えて、茜は息を呑んだ。

口の端《は》を薄くつり上げて、けれどその海里の目は笑っていない。

「お前の目の前の絵は、お前が目にしたこともあらへん額の金を積んででも、買いたい言う人のおる絵や。――お前よりよっぽど価値があるんえ」

茜は思わず海里を見上げた。

それでは青藍の絵の価値は、お金だと言っているように聞こえたからだ。

しっし、と猫でも追いやるように、海里は少年に手の甲を向けて払う。

「この家はぼくが買《こ》うた。泣いてわめいて、人のことけなすしかやることあらへんのやったら、さっさとお家に帰り」

海里の細い指先が玄関を指す。すぐにそこから出ていけと、そう言っているようだった。

「……だって」

か細い声が、少年からこぼれた。

海里はそれに耳を貸そうとしなかった。もう話はないとばかりに、くるりと背を向ける。

両手を握りしめてしばらく震えていた少年は、ややあってさっと玄関から外に駆け出していった。

茜が、彼の背を追いかけたのはほとんど反射だった。

「茜」

振り返ると、応接室に戻ろうとしていた青藍が、いぶかしげに眉を寄せていた。

「すぐに戻ります」

だって放っておけないと思ったのだ。

この館は彼にとって大切なものなのかもしれない。だから何度もやってきている。

それなのに、海里の言葉はまるで情がないみたいだ。

青藍の絵をあんな情熱的に見つめるくせに、その価値を金で捉えようとするところも、
六年間哀しみに沈んでいた青藍に、あんな言葉を投げかけることも。

茜にはどうしても納得できない。

青藍も陽時も、どうして海里を「正しい人」だと言うのだろう。

少なくとも茜は、海里のことをどうしても好きになれそうになかった。

マンションに挟まれた谷底のような庭の端に、申しわけ程度に残された二本の樫《かし》の木がある。そこでやっと彼は立ち止まった。肩で息をしながら恨めしそうに館を振り返る。

茜はそっと声をかけた。

「あの、大丈夫ですか?」

彼は振り返った。

ようよう春を迎えて茂り始めた、瑞々《みずみず》しい葉の影がその顔に落ちている。

茜も制服を着ていたのが功を奏したのだろう。彼の瞳から警戒の色がわずかに薄れたのがわかった。

「……あの狐野郎の知り合い?」

問われて茜は、その〝狐野郎〟が海里のことだと気がついた。

「わたしの知り合いというか、保護者の知り合いかな」

「あの後ろにいた、着物のやつ?」

そう、と茜はうなずいた。

「玄関ホールの絵を描いた人だよ」

その瞳に再び警戒の色が宿る。

「それでおれに、文句言いに来たんや?　あの偽物野郎の手先か」

喧嘩の相手は誰だっていい気分なのだろう。だがこちらは機嫌の悪い人間の相手は、日頃から青藍で慣れているのだ。

茜は首を横に振った。

「違うよ」

手を握りしめて玄関ホールから走り去った時、その背と、追い打ちをかけるように放たれた海里の言葉を聞いて、茜はどうしても放っておけないと思った。

つまるところ――青藍に似ていたのかもしれない。

茜とすみれに出会ったばかりのころの青藍だ。

大切な居場所を失って、呆然としてどうしようもなくて、噛みついているように茜には見えた。

だから海里がかけた言葉が青藍に降りかかったもののように思えて、気がつくと駆け出していたのだ。

「あんな風に言うんだから、何かわけがあるんだと思って」

彼はわずかに瞠目して、やがてふ、と力が抜けるように、握りしめていた手のひらをゆっくりとほどいた。

彼は大竹《おおたけ》結紀人《ゆきと》と名乗った。

茜と同じ、四月から高校二年生で、東山の進学校に通っているという。茜は感心した。

「すごいね。あそこの人たちって、受験で京大とか東大とかに入るんでしょ」

進学には興味のない茜でも、その名を聞くことがあるくらいの名門私立だ。堀川《ほりかわ》にある高校と有名大学への進学率をいつも競っている。

「うん。おれは医大に入って医者になる」

どさり、と結紀人は肩から重そうにスクールバッグを外して、地面に置いた。石畳の隙《すき》間《ま》から春の下草が伸びている。

ジッパーの隙間から、ぎっしりと詰め込まれた教科書とノートが見えた。

「そういう風に親が言うから」

結紀人はわりに饒舌《じょうぜつ》だった。

まるで誰かに聞いてほしかったんだと言わんばかりに。

——結紀人の家は医者の一家で、生まれた時から進路が決まっていた。父と同じ外科医になって、いずれ、今は祖父母が経営しているクリニックを継ぐのだ。

母が指定した大学は全国でも指折りの医大で、今日からそこを目指すのだと言われた。

それが窮屈《きゅうくつ》でたまらなかった。

同じ学校や塾に通う同級生たちは、いつも色あせて見えた。勉強と課題と将来行く大学の話ばかりで、どいつもこいつも夢がない。

そういうやつらと話すと、自分の窮屈さを思い出すような気がして嫌だった。

自分はもっと何かができるはずなのに。

もっと、自分を必要としてくれる世界がどこかにあるのに、と。漠然《ばくぜん》とした焦《あせ》りだけが、そこにあった。

そのころ結紀人は、この館とここに住む老人、杉山十蔵に出会った。

「中学校のころ、塾まで時間があったからふらっとこのあたりに来たんや」

四条《しじょう》から八坂神社を通って、円山公園をぐるっと一周。クラスの人間が連れだって歩いているのを避けて、長楽館を通り過ぎて——……。

あてもなくぶらぶらしていた時に、この館を見つけた。

「十蔵のじいさんは、ここで一人で暮らしてた」

杉山十蔵はこの館の前の持ち主だ。結紀人が出会ったころには、もう八十を超えていたという。

きちんとした人で、誰にも会わない日でも毎日髪を整え、白くなったひげを丁寧《ていねい》に切りそろえる。外に出かける時は必ずジャケットを羽織って帽子を被《かぶ》っていた。

物静かで穏やかな性格で、ふらりと庭に迷い込んできた結紀人を、怒りもせずに茶に誘ってくれたのだ。

それから結紀人は、学校と塾の合間を縫って十蔵に会いに行くようになった。

そうして自分の知らない、様々なことを教わったのだ。

庭に植わっている木の名前、玄関ポーチの真鍮の飾りが実は葡萄で、キリスト教に関係した意味があるということ。レコードへの針の落とし方、楽譜の読み方、百年以上昔の古いオルガンの弾《ひ》き方。

それから世界の様々な土地の話。

「十蔵のじいさんは、若い時に世界をあちこち回ったんやってさ」

あの館には十蔵が世界中から持って帰ってきた、たくさんの土産物《みやげ》と写真があった。

アフリカの砂絵、現地の人たちとの写真。オペラ座の観劇チケット、ルーブル美術館で買ったミロのヴィーナスの置物。スペインの革の鞄、美しいキリンの写真、本物かどうか疑わしい象の足形。日本では見ない、目の覚めるような鮮やかな織物の数々。

十蔵の話は異世界の出来事のようで、その一つ一つが、結紀人にとっては自由の象徴だった。

「……じいさんだけが、おれに勉強しろって言わなかった」

結紀人が絞り出すようにつぶやいた。

「ここだけが、おれのことをちゃんと認めてくれる居場所やったんや」

茜にはその気持ちが痛いほどわかる。

ここは結紀人にとって、茜の月白邸と同じ場所なのだ。

去年の秋、十蔵は体調を崩してしばらく入院することになった。心配する結紀人に、ちょっとした検査入院だからと、十蔵は笑って言った。

けれど十蔵は、この館に帰ってくることはなかった。

結紀人のスマートフォンに、知らない人間から電話がかかってきたのは、冬が訪れようとするころ。

十蔵の親戚という人からで、彼が亡くなったこと、自分が死んだ時にこの電話番号に知らせてほしいと、本人から聞いたということ、葬式はもう終わったということ。

それだけを結紀人は聞いた。

十蔵の遺品のほとんどが撤去されてからも、結紀人はたびたびこの館を訪れた。

「……じいさんがいなくなったから。ここは、おれが守ったらなあかんのや」

学校よりも塾よりも、この館が大切だった。

ここにいれば十蔵に会える気がした。あの優しかった老人との思い出に浸《ひた》っている時だけが——心が安まるのだ。

話しながら結紀人の瞳に、だんだんと昏《くら》い光が落ちていくのに、茜は気がついていた。

「——しばらくして、あの狐野郎が来ておれを追い出した」

それ以来、結紀人と海里の攻防は続いている。

海里は館をあちこち改装し、十蔵との思い出を消し去っていく。

「……挙げ句の果てに、あんな絵まで」

そうつぶやいて、結紀人は顔を上げた。あの絵を描いたのが茜の知り合いだったと思い出したらしい。気まずそうに視線を逸らした。

「……悪い」

「ううん。わたしが描いたんじゃないから」

「あいつ、すごいやつなんか?」

茜はうなずいた。

「青藍さんは『春嵐《しゅんらん》』っていう絵師なんだ。すごい人だよ」

茜はどこか自分のことのように、誇らしげにそう言った。

春嵐は青藍の雅号《がごう》だ。画壇では春嵐の絵に目の飛び出るほどの値段がつくという。だが同時に、海里の言葉を思い出して茜はきゅっと眉根を寄せた。

絵の価値を自分が本当に理解しているかと言われれば、それはわからない。けれど海里が言うように、青藍の価値をお金だけでとらえるのは違うのだと茜は思う。

だから青藍がどうして海里に何も言わないのか、それだけが腑《ふ》に落ちなかった。

「大竹くんは、青藍さんの絵に『ホウオウがいないから偽物だ』って言ったよね。ホウオウって何？」

茜が問うと、結紀人はしばらく考えたあとに、ぽつりとつぶやくように言った。

「……鳥の鳳凰《ほうおう》のことやと思う。それ以外はおれも、知らへん」

茜はきょとん、とした。結紀人が慌てて付け加える。

「おれもじいさんに聞いただけやから。……十蔵のじいさんは、ここが昔『鳳凰館』て呼ばれてたて、そう言ってた」

結紀人はその指先で、尖塔の上にある時計の文字盤を指した。

「あの時計が動いてたころ、時間になると鐘が鳴ったんやて。その時この館には鳳凰が現れる。だから『鳳凰館』」

その『鳳凰』がいったい何なのか、結局十蔵は結紀人に教えてくれなかった。十蔵も子どものころに一度見たことがあるだけだそうだ。

結紀人が唇をぐっと結んだのが、茜にもわかった。

「でももうここには、じいさんがおらへんから……あの偽物の絵がお似合いなんやろ」

茜は木の傍に座り込んだ結紀人の横に、自分もしゃがみ込んだ。さやさやと風に揺れる木の影が心地良い。

そびえるマンションに空は切り取られ、春の陽光がスポットライトのように煉瓦造りの鳳凰館を照らしている。

　ここから見ると本当に谷底のようだ。

「それでも――……おれ、ここにずっといたい」

　それは海里に、狐野郎と罵《ののし》った時よりずっとか細い声だった。これが彼の本当の気持ちなのかもしれない。

　ここは結紀人にとって、気の休まる唯一の居場所だった。けれどそれは、もう失われてしまった。

　そして結紀人はまだ、その哀しみから抜け出すことができていない。


　茜が鳳凰館の二階、応接室へ戻ると、青藍がひどく不機嫌そうな顔でソファに身を沈めていた。じろりと睨みつけられる。

「遅い」

「すみません……」

　茜が身をすくめると、青藍がつい、と視線だけで端の簡易キッチンを示した。

「喉渇《のどかわ》いた」

　海里がふん、と鼻を鳴らす。

「ぼくの淹《い》れたコーヒーは飲まれへんのやて。ずいぶん上等な舌持ってるんやな、青藍」

茜はざっと血の気《け》が引く思いがした。

青藍はよそで出されたものを口に入れるのを好まない、野生の獣のようなところがある。かといって他人に気を遣《つか》って遠慮するわけでもないから、他人様《ひとさま》の家で茜に茶を淹れろと言うのだ。

「すみません、海里さん……！」

海里に頭を下げたあと、茜はキッと青藍を睨みつけた。

「青藍さん、ちゃんと淹れてもらった分はいただいてくださいって言ってますよね。わたしが淹れたって一緒ですよ」

青藍がふん、とよそを向く。その態度にカチン、ときた。

「人の厚意を無下にするのは嫌いって、わたし言ってますよね」

青藍がびく、と肩を跳ね上げたのがわかった。

父の喫茶店を手伝っていた茜は、人から心をこめて出されたものを、ないがしろにするのがとても嫌いだ。

茜の圧に、青藍が視線を左右にやって、とってつけたようにそわそわとコーヒーカップを持ち上げた。ちらりと一度こちらを向いて口に運ぶ。

あからさまな、飲んでますよ、というアピールに茜は盛大に嘆息した。

結局根負《こんま》けした茜は、海里に断って部屋の奥にある簡易キッチンを借りた。

ついでに自分と海里の分も茶を注いでソファに持っていくと、苦い顔をしてコーヒーを飲み干した青藍が、ちらちらを茜をうかがいながら、そっと湯飲みに手を伸ばす。

警戒感をあらわにしていたその獣が、自分の淹れた茶を手に取った瞬間、ふと落ち着くのを見ると、ほんの少しだけ嬉しくなるのもまた事実なのだ。

海里が湯飲みから茶をすすって、にやりと目を細めた。

「そこの阿呆がな、茜ちゃんが戻ってこうへん、何かあったんと違うやろかて、ずっとそわそわしとったんやで」

青藍が虚を衝《つ》かれたように海里を振り仰いだ。そしてもごもご何か言いたそうに茜をじっと見つめる。

「……茜はぼくの付き添いで来たんやろ。それが知らんやつを追いかけていって。仕事放棄と違うんか」

妙に拗《す》ねたように青藍がそう言うから、茜はこぼれるため息を飲み込んで苦笑する。

湯飲みが半分ほどになったところで、茜は海里と青藍に、結紀人のことを話した。

彼が大竹結紀人という名前であること。この館と前の主《あるじ》である十蔵のことを大切に思っていること。ここが彼の大事な居場所であるということ。

「ここがお店としてオープンするまででいいので、結紀人くんのこと、入れてあげるっていうのはだめでしょうか……」

茜がおそるおそる海里をうかがうと、海里はその狐のような笑みを崩さないまま、きっぱりと首を横に振った。

「嫌やね」

その声音はひどく冷たく、聞いている茜が凍《こご》えそうなほどだ。それでも心を奮《ふる》い立たせて、茜は海里に食い下がった。

「結紀人くんには、ここだけが居場所だったんです。お別れする時間があってもいいんじゃないかって思うんです」

海里の瞳がまっすぐ茜を捉えている。揺らがぬ光に心の奥まで見透かされそうだった。どこかで青藍と陽時の言葉が聞こえた気がした。

海里さんは、正しい人だと。

「ぼくが最初にあの子と会《お》うた時、何をするでもなく、空っぽの館の中でぼうっとしとった。その日は塾をサボったて、そう言うてた」

海里はうっすらと笑みを浮かべたままだった。

「それで先代の親戚やていう人に聞いたら、この邸に、杉山十蔵さんを慕《した》って通い詰めてた子どもらしい。十蔵さんが亡くなってから、ずっとここに来てるらしいてそう言う」

結紀人はここから出ていけと、まるで縄張りを荒らされた獣のように海里を威嚇《いかく》した。

「ぼくのことを狐野郎て罵って、それで勝手に逃げ帰って。気がついたらまた学校サボって入り込んでる」

なあ、とその光が青藍のほうを向く。青藍がその光をまっすぐに受け止めたのが、茜にはわかった。

「ぼくはやるべきことを放棄して、自分の世界に溺《おぼ》れる人間が嫌いなんや」

にんまりとそう笑う海里の言葉は——はたして、誰に向けられているのだろうか。

それ以上取り合うつもりのない海里に追い出されるように、茜と青藍は西洋館をあとにした。

その夜、離れにすみれを寝かしつけたあと、茜は青藍の仕事部屋を訪れた。

手に持った盆には、青藍にあらかじめ頼まれた、晩酌《ばんしゃく》用の肴《さかな》が乗っている。

瑠璃《るり》色の器には小アジの南蛮漬け、ガラスの皿には麦芽《ばくが》のクラッカーに、クリームチーズと奈良漬けを混ぜたもの。たっぷりの薬味を乗せた冷《ひ》や奴《やっこ》は、青藍お気に入りの豆腐屋で買ったものだ。

母屋《おもや》から、塀の中を歩くような渡り廊下を通る。階段を数段上がると、青藍の部屋である離れに繋がっていた。十畳ほどの部屋が二つ設けられていて、片方は仕事部屋、片方は寝室になっている。

仕事部屋の障子《しょうじ》が半分ほど開いているのに、茜は気がついた。今夜は冷え込まないとふんだのだろう。

庭に視線をやると、薄くけぶった春の月が見えた。

ほの青い月の輪郭《りんかく》を、綿を引きちぎったような雲が淡くぼかしている。風に吹かれてゆったりと雲が動くと、時折その切れ目から鮮やかな光彩が輝いた。

静かで思わず見入ってしまうほどの美しさだった。

ひと声かけて中に入ると、板間に座り込んだ陽時が片手を上げた。

「こんばんは、茜ちゃん」

「陽時さん、来てたんですね」

茜は陽時に向かって微笑んだ。二人で仕事の相談でもしていたのかもしれない。陽時の傍にはファイルケースとノートパソコンが投げ出されていた。

陽時が両手を後ろについてくつろいでいるところを見ると、用事はもう終わったのだろう。

青藍は壁面の棚の前にいた。

仕事部屋の壁面は天井から作り付けの棚になっていて、色とりどりの紙が差し込まれている。丸めた布きれがあちこちにまとめて立てかけられていて、その鮮やかな色彩は春の花屋のようだった。

一番端は絵具棚だ。

日本画の画材は、主《おも》に石を砕いた岩絵具と呼ばれる顔料《がんりょう》だ。小さな瓶や袋に入った顔料がびっしりと並んでいて、青藍が一つ一つ手に取っては電灯にかざしていた。

中には天然石を砕いたものもあって、ひと瓶で何万円もするものもあるそうだ。

床に並べられた木のコンテナには、小さな白い皿が何十枚も積み重なっている。おびただしい量の筆に、何に使うのかわからない大きなのこぎりやノミ、膠《にかわ》を煮るための土鍋やコンロが端のほうに寄せられていた。

青藍が好んで薫《た》く涼やかな白檀《びゃくだん》の香に、墨や絵具の匂《にお》いが混じる。

ここに青藍の美しさのすべてがある気がして、茜はこの仕事部屋が好きだった。

中央に置かれた木の作業台に、茜はそっと盆を置いた。すでに猪口《ちょこ》と徳利《とっくり》が用意されていて、甘い酒の匂いがする。

青藍は食には興味を持たないが、酒にはこだわる人だ。銘柄も酒器もいつも手ずから選んでいる。

今日の酒器は桜の散る玻璃《はり》の徳利と猪口。中はさらりとした水のような酒で満たされている。すでに半分以上減っているそれを見て、茜は呆れた声で言った。

「ちゃんとおつまみ食べてくださいね」

酒を飲むときは肴と一緒に、は茜と青藍の約束事だ。酒好きで昼夜逆転生活のせいで、偏頭痛《へんずつう》持ちで体調を崩しやすい青藍を、茜はいつだって心配している。

青藍がうなずいたのを確認していると、陽時の声が足元から聞こえた。

「茜ちゃん、海里さんに会ったんでしょ」

畳に手をついた陽時がこちらを見上げている。金色の髪がわずかに吹き込む夜風に、さらりと揺れていた。

茜が曖昧にうなずくと、陽時が首をかしげた。

「何かあった?」

この察しのよさが陽時らしい。茜は少しためらって、ややあって口を開いた。

「——海里さん……わたしも苦手っていうか……」

どうにも冷たいと思ってしまう。結紀人に対しても、青藍に対しても。

昼間のことをぽつぽつと話すと、陽時がなるほどね、とうなずいた。

「海里さん、あれで世話焼きだからね。その結紀人くんって子のこと、案外気にしてるんじゃないのかな」

茜は瞠目した。陽時がその笑みを深める。

「そうは見えない？」

黙り込んだのが、そのまま茜の答えだった。

「すみません……」

まだ一度しか会ったことのない人を、決めつけてしまうのはよくないと自分でも思う。恥じ入ったようにうつむいた茜に、青藍が言った。

「かまへんよ。人にそう思われるんが、あの人の悪いところやとも思う……ぼくも苦手やて思うし」

「青藍なんか一時期、顔合わせるたびに逃げ回ってたもんね」

陽時のからかうような声音に、青藍が苦いものを飲み込んだような顔をした。

「……ぼくも、あの人に嫌いやて言われたことがある」

青藍が玻璃の猪口に、立ったまま手酌《てじゃく》で酒を注いだ。透明な酒にゆらりと玻璃の桜が揺れる。

「ずっと子どものころ……まだ、何もわかってへんかったころの」

棚から、青藍が瓶を一つ取り出した。

他の瓶よりもずっと小さく、底のほうに二センチほど、目の覚めるような瑠璃色の粉が入っている。

天然石、ラピスラズリを砕いた岩絵具だ。ほんの数グラムで目の飛び出るような値段がする。

「そのとき初めて、ぼくは人のために絵を描いたんや」

その瑠璃色は、初めての空の色だと青藍は言った。


──京都には、東院家《とういんけ》という古い絵師の一族がいる。かつて御用絵師を務めていた一族で、今でも寺や神社、文化財の修復や復元を請《う》け負《お》っている。現代になっても、画壇に大きな影響力を持つ一族だった。

青藍はその前当主、東院宗介《そうすけ》の次男として生まれた。兄の珠貴《たまき》とは十四歳離れていて、母親が違った。

宗介が亡くなって、東院家を異母兄の珠貴が継いだあと、珠貴の母は青藍のことを蛇蝎《だかつ》のごとく嫌った。当然だと青藍自身も思う。青藍は夫の愛人の子どもだった。

跡取りである珠貴より絵の才があると、周囲からひそやかに囁《ささや》かれていたのもよくなかったのだろうと、今ならわかる。

だが当時、小学生の何もわからない——ただ絵が好きだっただけの青藍から、珠貴の母はすべてを取り上げた。

筆も紙も墨も絵具も、何もかもすべて。

離れで一人膝《ひざ》を抱えていた青藍を、連れ出してくれたのが月白だった。そうして青藍はこの月白邸で暮らすことになったのだ。

月白邸にやってきたころ、青藍は月白以外の人間と関わるつもりはなかった。

月白邸には食いっぱぐれたたくさんの職人や芸術家たちが集まっていて、彼らも青藍を扱いかねたのだろう。月白がまた妙なものを拾ってきたと、遠巻きに青藍を眺めるだけだった。

月白は好きに絵を描いていいと言ったから、青藍は不承不承通っていた学校へ行く以外は、ほとんど与えられた部屋から出ることもなかった。

月白と時折ぽつぽつと話して、あとはまた離れで好きな絵を描き続ける。

東院家とは違う。

好きな絵を描き、誰にも干渉《かんしょう》されず、ただ己の手から生み出される鮮やかな色彩の世界に、耽溺《たんでき》していられる。

自分のためだけに絵を描くことは、とても贅沢《ぜいたく》な気分だ。

静かで孤独で——ひどく心地良かった。

そういう生活が二年近く続いた。

途中で陽時が月白邸に転がり込んできて、年が近いからか、境遇が似ていたからか、少し話すようになったこと以外は、何も変わらなかった。

その世界が叩き壊されたのは、ある冬の薄曇りの日のこと。

そのころ青藍が与えられていたのは、縦横無尽《じゅうおうむじん》に改造され迷路のように張り巡らされた渡り廊下の先にある、離れの一つだった。

その廊下を荒々しく踏み鳴らす足音とともに、障子が思い切り引き開けられる。

薄暗い部屋の中、板間の上に散乱した描き散らした和紙と、怯えたように顔を跳ね上げた青藍を見て、足音の主は眉をひそめた。

高校生だろうか、当時でも詰め襟《えり》の学生服は珍しい。抜けるような白い肌と切れ長の細い目、線は細くやや病弱そうだったが、美丈夫と言ってもよかった。

その青年の名前が西宮海里ということと、月白邸——扇子屋『結扇《ゆいせん》』に扇骨を納める『にしみや』の長男だということまでは、青藍もなんとなくは知っていた。

青白い隈《くま》が薄く浮いた目をつり上げて、海里は言った。

「お前か、月白さんがずいぶん前に拾ってきたて言うんは」

口の端をつり上げて、怒りを笑顔で表すのはこの頃から海里の癖《くせ》だった。そうして氷のような冷たさで、海里は言ったのだ。

「――ただ飯ぐらいか、お前は」

あとから聞いた話だが、このころ月白邸に入り浸っていた職人たちは、部屋に引きこもって出てこない青藍のことを、ずいぶんと心配してくれていたらしい。

それを父の代わりに扇骨を卸《おろ》しに来た海里に、ぽろりと話した。年も近いから、あわよくば友人になってくれるのではないかと。

今からすればぞっとしない話だが、ともかく海里はそれを聞いた途端、一つうなずいて青藍の部屋を襲撃に訪れた。

海里は容赦がなかった。

そのころすでに、年下の青藍のほうが海里より身長が高かった。けれどそんなことはお構いなしに、海里は青藍の襟首をつかんで引き寄せた。

その手首が折れてしまいそうなほど細くて、薄い皮膚に血管が青白く浮いていたのを覚えている。

反射的に青藍はその手を振り払った。

「うるさい……」

邪魔をするな、と思った。

自由にしていいと月白は言った。好きな色を塗っていい。好きに描いていい。全部ぼくの好きにしていい。

あの、窮屈な東院の邸とは違って。

だが海里は青藍の鬱屈《うっくつ》した思いを一笑《いっしょう》に付《ふ》した。

「東院家でいじめられてたぼくに、どうか優しくしてください、てか？　は、しょうもな。ぼくはそういうやつが大嫌いや」

海里の言葉は、まっすぐに青藍の心を突き刺す。

「お前一人、タダでは生きられへんのやぞ。お前を生活させるために月白さんが金稼いでくれたはるんや。それともまだ東院のお坊ちゃま気分が抜けへんのか？」

孤独と静寂《せいじゃく》に満ちた青藍の世界を、粉々に叩き壊す。

金、と海里は言った。

人間が暮らしていくには、金がいるのだと。

月白が金のことを口に出したことは一度もない。扇子屋であり絵師である月白には、依頼が引きもきらないと聞いている。

　だから困っているなんて、月白は言っていない。

「だって……」

　散々に迷った末、青藍は言い訳がましくつぶやいた。青藍が覚えているかぎり、人生で一番情けなく姑息《こそく》な言い訳だった。

「――ぼくは、子どもやし」

　どうしたらよかったというのだ。ここに来たときは小学生だった。

　それからたった二年。中学生の自分に――何ができるというのだろう。

　そのときの海里の絶対零度の瞳を、青藍は生涯忘れることはないだろう。震え上がるほど冷たく、心底失望したという、そういう目だった。

「だれがお前に金稼げて言うてるんや」

　薄暗い部屋の壁が、己に迫ってくる気分だった。

「食事の準備もやらへん、家業を手伝うわけでもあらへん、掃除に洗濯に、職人さんらがみんなやったはるん、知らへんとは言わさへんえ」

　大声を上げた反動だろうか。小さな咳《せき》を二つばかり残して、海里は青藍の襟首を突き放した。

床に散乱した絵を一瞥《いちべつ》して、骨に薄い肉を貼りつけたような手のひらを握りしめる。

「そんな上等な絵の腕持って……ご立派な体も持って。できること何もあらへんて贅沢なやつやな」

幽霊のように細くふらふらとしているのに、海里のその瞳ばかりが、ぎらぎらと熱く輝いていたのが、記憶に焼きついている。

真っ向から頬を張り飛ばされた気分だった。海里があのころもう少し健康だったなら、本当にそうなっていたかもしれない。それほどの勢いだった。

青藍はその時、じっと見つめた自分の小さく、どうしようもなく頼りない手のひらを覚えている。

何ができるのだろう。

この居場所を与えてくれた月白のために、ぼくはこの手で何ができるのだろう。

その時ようやく初めて、青藍はそう思ったのだ。

──青藍の指先が小さな瓶をこつりとつついた。

「それから、ぼくなりにいろいろ手伝ってみた。……散々やったけどな」

思い出すのも苦痛だ、という風に青藍が肩をすくめた。

「洗濯も料理も掃除も何一つ上手にできへんかってな。職人さんらから、邪魔やて言われて追い出されて……」

それは容易に想像がつくと、茜も思わず笑ってしまった。青藍の家事の腕は壊滅的で、これはもう本当に苦手なのだな、と思ってしまうくらいだ。

結局月白が亡くなってからはほとんど外注していたせいで、青藍は未《いま》だに家事という家事と相性が悪い。

「それからずっと考えた。今までにないくらいに、真剣に」

青藍が懐かしそうに、自分の手を見つめている。

「結局どれだけ考えても、ぼくには絵しかあらへんのやて、そう思たんやろうな」

壁面に設《しつら》えてある棚の中から、青藍は真四角の引き出しを抜き出した。奥行きのあるそれは扇子用の引き出しだ。菱形《ひしがた》の金具の取っ手が揺れて、カチャと音が鳴る。

そこには扇子がいくつか収められていた。

ぱちりと音を鳴らせて、青藍がその扇子を開いた。

そこには——抜けるような瑠璃色の青空が広がっている。

「わ……」

茜は目を見開いた。

高いところを刷毛《はけ》でなぞったような薄い雲が流れている。向かって左の端が、淡い橙色と茜色を混ぜたような複雑な色合いになっていた。

横から桜の枝がその腕を伸ばしていて、小さなつぼみが一つほころんでいた。

春の、夕暮れに変わるその一瞬の空を切り取った、そういう絵だった。

立ち上がった陽時が、茜の横からその扇子をのぞき込んだ。

「うわ、懐かしいね。青藍の一番最初の扇子だ」

「これ中学生で描いたんですか!?」

青藍が複雑そうな顔でうなずいた。

「――最初は一枚描くのに、三日かかった」

この最初の扇子を、青藍は月白に頼んで売り出してもらった。

全部で十本作って、売れたのは三本。余った七本は未だこの真四角の引き出しに収められている。青藍の最初の苦い結果だった。

陽時がにやにやと笑った。

「月白さんが強引に営業して、どこかのお茶席に押しつけたんだっけ」

結扇の主な卸先はそのころ、ほとんどが茶席だった。着物に合わせて身につける小ぶりな扇子や、季節の風物や干支《えと》を描いた飾り扇子だ。茶席に合う、繊細で季節感豊かな柄が好まれる。

一般的な雑貨屋に卸すものではないから、青藍の瑠璃の空は、そういう意味では鮮やかすぎて茶席には使いづらかったのだろう。

茜がぽかんと口を開けていると、青藍が苦い顔でこちらを向いた。

「どうした」

「青藍さんの絵も、売れなかった時期があったんだって」

今では展示会に絵を出せば、茜が見たこともないほどの桁《けた》の金額がつくと聞くし、共に仕事をしたい人間が家まで押しかけてくる。

この人は、天才絵師なのだ。

だが青藍はぎゅうっと額《ひたい》に皺を寄せた。自分が描いた扇子を心なしか目を細めて遠目に見つめている。

「当たり前やろ、こんな未熟なもん。構図も雑、発色も悪い、色も見れたもんやない。空はどうせ困って瑠璃一色、そのくせ夕日は茜色と紅《くれない》と山吹《やまぶき》をちょっと混ぜてみたりしたんや。絵具に慣れて調子乗ってきたんが丸見えで恥ずかしいわ」

扇子の表面をなぞりながら、青藍がそう不満そうにぶつぶつとつぶやいているのを聞いて、茜は不思議な気持ちになった。

青藍でも己の絵を反省することがあるのだ。

青藍は天才だ。

その才でもって、たいていの人が届かない境地へ駆け上がった。

だから努力とか試行錯誤といった言葉と、あまり強く結びつかなかったのだ。

けれど考えてみれば当然だと茜は思う。才能だけでここまで上り詰められるほど、この世界は甘い場所ではない。

青藍だって努力の人なのだ。

その最初の扇子の売り上げと最初に描いた空の扇子を持って、青藍は海里が来るのを待ち構えた。

そうして瑠璃色の空を突きつけて、言ったのだ。

——ぼくには、絵しかあらへんから。

それがその時の青藍の、精一杯だった。

それから青藍は月白の仕事を少しずつ手伝うようになった。絵師としての工夫と技術を身につけ、青藍の描いた扇子を欲しがる茶席も増えた。

相変わらず人は嫌いだったから、学校以外で部屋から出ることは少なかったけれど、絵の仕上がりや絵具の使い方で職人たちに少しずつ話を聞くようになったのも、思えばそのころからだった。

海里はそれ以降、青藍のことを「嫌いだ」と言うことはなくなった。

陽時が懐かしそうに目を細めた。

「海里さんほんとしっかりしてて、経理とかお金の管理とか、そのころから得意だったみたい。『にしみや』さんのお使いでうちに顔出してくれてなかったら、あのころの月白邸は崩壊してたと思うよ」

月白は商売人ではあったが、金の管理はあまり得意ではなかったそうだ。食い詰めた芸術家や職人たちを連れて帰ってきては、好き勝手に住まわせていたそうだから、海里が口を出してくれていなかったらと思うとぞっとすると、陽時は言った。

職人たちを叱《しか》り飛ばすのも、海里の役目だった。

職人たちが無茶な改装をして月白邸の母屋を半壊させても、月白は面白がって笑うばかりだった。代わりに海里が、あの笑顔の怒りを振りまいて職人たちに説教していたそうだ。

いい年した大人がはしゃいで家を壊すな。盛大に火を使いたいなら消防の許可を取れ。

ここに住むなら月白のためにできることをしろ。

それが自分が一生懸命に考えたことなら、なんだって構わないから。

月白邸では、誰もがこの高校生に頭が上がらなかった。

海里はいつだって正しかったから。

茜は無意識のうちに膝の上で手のひらをきゅうと握りしめていた。

茜が月白邸で、青藍の手伝いをしていると聞いた時。海里の目がほんの少し柔らかくなったのを思い出した。

あの時、自分は海里に、品定めされていたのかもしれない。

己でできることを、自分で考えられる人間かどうか。

月白邸に住むにふさわしいかどうか。

海里は厳しくて、そして正しい。

甘えてその場で沈んでいくことと、己の責任を見つめて、自分の速度でゆっくり前を見つめて歩き出そうとすることと、同じ止まっているのでも意味が違う。

月白は青嵐に居場所を与えてくれた。

でもそこからの進み方を教えてくれたのは、きっと海里なのだ。

「あの人は、自分の責任を果たせれば、それがどんな結果でもちゃんと向き合ってくれる」

青嵐が未熟な瑠璃色を、ぱちりと扇子の内側に隠した。自分の稚拙《ちせつ》さを恥じ入るように、そうして己の踏み出した一歩目の足跡をどこか愛《いと》おしそうに、引き出しごと棚に収めてしまう。

茜はぽつりとつぶやいた。

「――……結紀人くんのこともそうなのかな」

結紀人もきっと自分の場所で立ちすくんでいる一人だ。

結紀人の名前を聞いて、青藍が舌打ちでもしそうな勢いで顔を歪めた。陽時がにやり、と笑う。

「青藍の絵を偽物呼ばわりしたんだっけ。度胸あるよね」

でも、とにやりと笑って青藍を見上げる。

「青藍も結構気にしてるんだ」

青藍がふんとよそを向いた。棚から絵具を出しては、立ったまま酒を手に落ち着かなさそうにためつすがめつしている。

青藍が酒肴がそろっていて、畳に落ち着かないのも珍しい。

陽時が首をかしげた。

「青藍の絵をこき下ろしたやつは初めてじゃないけど、普段は別に気にしないじゃん」

というより興味がないのだろうと茜は思う。青藍は自分の絵の美しさを誰より確信しているから、他人の批評は意味がないのだ。

「上手《うま》い下手《へた》はどうでもええ。……でもあの館にはまだ、本当の姿があるんかもしれへんて、そう思う」

「ホウオウがいない、って言ってたんだっけ」

陽時の言葉に、茜はああ、と顔を上げた。結紀人から聞いたのを思い出したのだ。

「それ、鳥の『鳳凰』だって、結紀人くん言ってましたよ」

あの館はかつて『鳳凰館』と呼ばれていた。尖塔の時計が動いていた時、その鐘が鳴ると鳳凰が現れると言われていたのだ。

その鳳凰の姿を、元の持ち主である十蔵は「もう見ることができない」と言っていたそうだ。

「鳳凰か……伝説の鳥な。その羽に炎を纏ったような——……」

その話を聞いてしばらく考え込んでいた青藍が、やがて、は、と顔を上げた。ふん、と一つ唸《うな》ると陽時のほうを向く。

「明日もう一度、館に行くて海里さんに言うてくれ」

茜は思わず青藍の顔を見上げた。

その獣の瞳の奥が、爛々《らんらん》と輝いているように見える。

子どものような好奇心があふれ出しているのだ。

それは何か美しいものに向かう時の、青藍の瞳だった。

茜は自分の心がぶわ、と沸き立つのを感じた。青藍の指先から美しいものが生まれ出す、その予兆だからだ。

陽時がため息交じりにうなずいた。

「自分で連絡すればいいじゃん」

「……嫌だ」

青藍はふい、とよそを向いた。海里のことは尊敬しているが、苦手なものは苦手らしい。その目がこちらをじっと見つめてくるのに茜は気がついた。

「茜……明日も、ついてくるんやろ?」

一人は嫌だ、とその目が切々と訴えてきている気がして、茜は苦笑しながらうなずいた。

3

鳳凰館《ほうおうかん》の二階、吹き抜けをぐるりと囲う回廊から、左の廊下に折れる。そのすぐ先の壁にひっそりと小さな扉があった。そこを開けると、尖塔《せんとう》の上に繋がるらせん階段になっている。その真ん中を太いロープのようなものが下りていた。

「ぼくも、ここに入るんは買い取ったとき以来やわ」

鍵を開けてくれた海里《かいり》が先導して上り始めた。

「時計の修理はしなかったんですか？」

茜《あかね》が問うと、海里がはは、と乾いた笑い声を漏《も》らした。

「情けない話、先立つものがあらへんくてなあ。『春嵐《しゅんらん》』の障壁画《しょうへきが》で準備金は空や」

最後尾をのそのそと上がっている青藍《せいらん》が、ぼそりと言った。

「海里さんやったら絵具代だけ出してもろたらええて、ぼく言うたやないですか」

「自分の腕を安売りせえて教えた覚えあらへんで、青藍」

ぴしゃりと言われて青藍が、ひゅっと肩を跳ねさせたのがわかった。四つしか離れていないのに、父親と子どもみたいでおかしい。

青藍は偏食的に仕事を選ぶが、あまり報酬にも興味がないようだ。面白い仕事だと思えば対価も納期も無視でひょいひょいと受けてきてしまう。陽時《はるとき》と、仕事の仲介者である三木涼《みきりょう》がいなければどうなっていたかと、茜はあらためてぞっとした。

さらに二階分の階段を上がり切ると、その先には『機械室』と銅板の埋め込まれた木の扉があった。表面がざらざらとささくれていて虫が食っているのを見ると、長い間手入れされていないようだ。

重い扉を開けると、中は三畳ほどの小さな部屋だった。

東西に面しているという壁には薄い歯車がいくつか噛み合わさっていて、細い棒が何本か繋がっていた。どちらの壁にも、棒のすぐ傍《そば》に、船の窓のような丸い窓が切り取られている。

ガラスは降り積もった汚れでくすんでいたが、東側の窓からはわずかに外の庭を臨《のぞ》むことができる。

「……ここ、時計の裏側なんだ」

窓から真下を見ると太い針が見えて、茜は思わずそうつぶやいた。

外からはわからなかったが、塔の西側にも同じ文字盤があるようだった。

ここはその裏側で、歯車と棒は時計の針を動かすためのものらしい。棒はその真ん中から、部屋の中央に置かれた鈍色《にび》の機械に繋がっていた。

窓から差し込む陽光に、歯車の陰影が揺れる。かつては鋼《はがね》の美しい光沢《こうたく》を持っていたのだろうそれは、今はすっかりくすんでしまっていた。

「明治時代に輸入された、ドイツ式の時計やて。手入れしたらまだちゃんと動くて言うたはったけど……」

海里が機械の下を指した。そこからは長いワイヤーが垂れ下がっていて、先ほど通り抜けてきた階段の真ん中を貫《つらぬ》いていた。先端におもりがぶら下がっているのが、かろうじて見えた。

また、機械のすぐ下には小さな部屋があり、大きな振り子が下がっている。

時計を動かすにはこまめな点検が必要で、怠《おこた》るとすぐに時間がおかしくなってしまうそうだ。

青藍が埃《ほこり》の積もった歯車を指先でなぞる。埃が払われたその場所から、つるりとした鋼の光沢が陽光を反射した。

歯車が複雑に噛み合わさったその機械を、しゃがみ込んだ青藍がじっと眺めていた。

「……きれいなもんやな」

瞳の中に情熱の炎がちらちらと宿るのが、茜にはわかった。

茜は青藍のこの瞳が好きでたまらない。青藍がこういう目をするとき、その指先から生み出されるものが美しいと知っているから。

振り子の機械の隣に、大きな鐘が置かれていた。こちらもくすんでいるが、磨けば金色に光るだろう。内側にはハンマーが設置されていて、時計の振り子と繋がっている。

時間に合わせて鳴るようになっているのだろうか。

その鐘の傍の壁に、一枚の古い紙が貼りつけられている。それだけはこれまでに何度か書き直したことがあるのだろう、黒い油性ペンで書かれた、誰かの几帳面《きちょうめん》な字だった。

青藍がわずかに眉を寄せた。

「日の入りと日没の時間やな」

「この時間に合わせて、時計が鳴るようにされてたんですね」

年に数度、鐘の鳴るタイミングを切り替えていたのだろう。結紀人《ゆきと》の話だと、十蔵《じゅうぞう》が子どものころに聞いたのが最後というから、ずいぶん前に時計は止まってしまったのかもしれない。

青藍が小さく息をついたのがわかった。その指先が震えるように小さく動いている。黒い瞳の中から、好奇心の光があふれ出しそうだった。

何かを見つけたのだと、茜にはわかった。

「茜、絵具が欲しい」

茜は慌《あわ》ててうなずいた。

「取ってきます！」

月白邸《つきしろてい》には今日陽時がいるから、必要な道具は彼に聞けばわかるはずだ。

「――ぼくの絵は、確かに偽物《にせもの》や」

青藍の声は震えるほどの歓喜と好奇心に満ちていた。今までの己《おのれ》の絵など関係ない。美しいものを知って、それを描き出したくてたまらない。

そういう声音だった。

「本物を見せたる」

茜は跳ね上がる鼓動のままに、階段を駆け下りた。

青藍の絵を見ることができる。

彼の瞳に宿る世界を、見ることができる！

「茜ちゃん、車呼んだるさかい、それ使い！」

真上から海里の声が降ってきた。片手にはスマートフォンを握っている。茜は遠慮なくうなずいた。

あの指先から描き出されるその瞬間を、海里も待ち望んでいる。

誰もかれもが、春嵐の絵に心奪われているのだ。


その日、結局青藍は月白邸に戻ってこなかった。夜通し鳳凰館で作業をするつもりなのだろう。

絵具と道具一式を届けた茜は、日が沈むころ、再び海里の呼んでくれた車で一人月白邸に戻った。頼まれごとを一つ引き受けて。

そして次の日、茜は結紀人と連れだって鳳凰館へ向かった。昨日の夜、あらかじめ海里から聞いておいた電話番号で連絡を取ったのだ。

「……なんであの狐野郎、おれの連絡先知ってんのや」

待ち合わせ場所の円山《まるやま》公園で、結紀人が不審そうに茜を見やった。今日も制服姿で重そうなスクールバッグを肩に引っかけている。

「十蔵さんの親戚から聞いたんだって言ってたよ」

海里はたまただと言っていたが、茜はそうではないかもしれないと思うようになった。誰より結紀人を気にかけているのは、もしかすると海里なのかもしれない。

円山公園は、すっかり春の匂《にお》いに満たされていた。

若草色の下草が柔らかく風に揺れ、深緑の池の水面を波紋が渡っていく。しだれ桜はまだ沈黙を保っているものの、周囲に植えられたソメイヨシノは枝の先端に薄紅の花を開いていた。

春の景色を横目に歩き始めると、結紀人が少し離れて歩くのが気になった。足を止めて振り返る。

「どうしたの?」

「……この辺、学校のやつらいるから。勘違いされたら鬱陶《うっとう》しいし……」

半分は気遣《きづか》いだが、半分は同い年の女子とどう歩けばいいのかわからないと、戸惑《とまど》いがそのまま表情に出ている。

　茜はなんだかおかしくて笑ってしまった。

「……そっちはいいのかよ」

　ぶすくれた結紀人に茜は肩をすくめた。

「青藍さんのお手伝いしてるしね。あの人目立つから、なんか慣れちゃったよ」

「ああ……」

　結紀人の目が、なんだかかわいそうなものを見るような眼差《まなざ》しになったのがわかって、茜ははは、と嘆息した。

　長身に端整な顔立ち、着物に、あの、人を寄せつけない獣の瞳と雰囲気。それと女子高生の組み合わせが目立たないわけがない。

「あの人、七尾《ななお》さんの何？」

「保護者だよ」

「兄さんとか？　……顔、似てへんけど」

　茜はしばらくためらって、結紀人のほうを向いた。

「うち、お父さんもお母さんもいないんだ。お父さんが去年の春に死んじゃって、妹と二人になって——……引き取ってくれたのが青藍さんだよ」

結紀人が息を呑んだのがわかった。

茜はいつの間にか結紀人が傍にいないことに気がついた。振り返ると、立ち止まった彼が気まずそうにこちらを見ている。ずいぶんと引き離していて、茜は慌てて駆け戻る。

「……ごめん、おれ」

結紀人が肩からかけた鞄の取っ手をぎゅっと握りしめた。

優しい人だと思う。茜を傷つけたと思って気遣ってくれている。

茜は困ったように微笑んだ。結紀人にこんな顔をさせるつもりではなかったのだ。

「だから、大竹《おおたけ》くんのことちょっとわかるよ。大竹くんが鳳凰館が大事なように、わたしも青藍さんと住んでる家が、すごく大事だから」

あそこだけが居場所なのだと、茜だってそう強く思う。

けれど結紀人はぐっとうつむいたままだった。

「……おれ、高校を卒業したら、じいさんのところで暮らすつもりだった」

十蔵に会った最後の日、結紀人は言ったのだ。

高校を卒業したら大学には行かない。医者になるのもやめる。十蔵の弟子になって世界を旅して、自由にいろいろなものを見て回りたい。

勉強も医者も両親の夢だ。おれが本当にやりたいことは別にある。

おれの居場所はここで、おれを必要としてくれる世界は、きっとここだから、と。

「だけどじいさん……ちょっと困った顔したんや」

いつだって微笑みながら結紀人のことを受け入れてくれた十蔵が、そんな風に困った顔をしたのを、結紀人は初めて見た。

突然、かけられた梯子《はしご》を外されたような気がして、ひどく心細くなった。

他の誰がわかってくれなくても、十蔵だけはわかってくれるはずだと、結紀人はそう思っていたのに。

茜は、ああ、と胸の前で手のひらを握りしめた。

結紀人の気持ちが痛いほどよくわかる。

結紀人が失いたくないのは、大丈夫だと優しくなだめてくれて、好きなことをすればいいと甘やかしてくれる、自分にだけ都合のいい場所だ。

でも現実はそうじゃない。

前に進むのは辛《つら》い。現実を見つめるのは苦しい。

でも夢の中をどれだけ歩いても、望む先にはたどり着けない。

十蔵も海里も――きっと結紀人自身も、それをわかっている。

行こう、と茜は結紀人を促《うなが》した。

「きっと本物の鳳凰館を、青藍さんが見せてくれる」

それは結紀人が望んだ、失いたくない夢の居場所ではないかもしれないけれど。

でも道に迷う子どもの背を、きっと押してくれるはずだ。


茜が結紀人を連れて鳳凰館にたどり着いたとき、すでに空は夕暮れの気配をはらんでいた。


玄関の前で青藍と海里が待ち構えている。

着物に懐手《ふところで》をしていた青藍が、そわそわとあたりを見回しているのがわかった。

「青藍さん」

茜が声をかけると、青藍がぱっとこちらを向いた。いつも鬱陶しそうにのそのそと歩くくせに、常にない速さで茜のところまで駆けてくる。

「遅い」

結紀人のことをそっちのけで、茜の腕をがっとつかんだ。結紀人が眉を寄せる。

「七尾さんはおれのこと迎えに来てくれて――」

「やかましい。来《き》い、茜」

青藍の顔が心なしか上気しているのがわかる。目の奥がキラキラと輝いていて、ほら、と茜を急《せ》かした。

これはすみれと同じだと、茜は知っている。

とても素敵なものができたので褒《ほ》めてほしいと、そういうことだ。

もう本物とか偽物とか、結紀人のことや海里のことも全部吹き飛んでしまっている。

あるのはただ、自分が生み出した、世界で一番美しいものを見てほしいと。それだけだ。

鳳凰館の中は相変わらず静かな薄闇に満ちていた。

マンションに囲まれた谷底のような立地のせいで、陽光は日中のわずかな間しか差し込まない。玄関ホールにぼう、と橙《だいだい》色の明かりが灯《とも》っていた。

障壁画の金枠が、電灯の橙色を鈍《にび》色に反射している。

障壁画には、明治維新のあと、近代化への道を歩み始めた京都・岡崎《おかざき》の姿が描かれている。

東山《ひがしやま》のふもとに緩《ゆる》やかに流れる、深緑の琵琶湖疎水《びわこそすい》。朱色と緑の鮮やかな、建てられたばかりの平安神宮《へいあんじんぐう》。その傍を通る路面電車と人力車。

鼠《ねずみ》色の着物を纏《まと》う家族、海老茶《えびちゃ》色の袴《はかま》を翻《ひるがえ》す女学生――白いレースの傘を差した桃色のドレスの貴婦人。

「……変わってる」

茜がぽつりとつぶやいた。

一昨日見た絵に、手が加えられている。まだ乾く前の絵具の匂いがした。

軽やかに走る女学生にも、西洋ドレスを着た貴婦人にも、羽織袴で闊歩《かっぽ》する男にも、みな長い影がついている。

路面電車には、橙の絵具がうっすらと乗っていた。

空は奥に進むにしたがって、薄い紫苑《しおん》から淡い橙、茜色へと移り変わっていく。

明治時代の、ある日の夕暮れだった。

影はすべて、奥に向かって伸びている。茜たちが入ってきた玄関が、夕日の場所ということだろうか。

だとすれば、この絵には描かれない夕日が照らすのは――。


ごぉん、ごぉん　ごぉん……ごぉん……！


鼓膜を震わせ、腹の底から響くような時計の音が聞こえた。

茜と結紀人はそろってはっと上に目を向けた。

館中を鐘の音が巡るように、幾重《いくえ》にも共鳴し合ってホールに響き渡る。

鐘の音が鳴る時にそれは姿を現すという。

結紀人の目が丸く見開かれたのが、茜にもわかった。

――それは赤い鳥の姿だった。

館の、時計のついた細い尖塔が首。左右に均等に広がる三階建ての建物が、両翼を表している。

火焔《かえん》を纏《まと》う体は、夕日を浴びて赤橙《あかだいだい》に染め上げられた赤煉瓦《れんが》だった。

今にも空に舞い上がらんとする、美しい一羽の炎の鳥だ。

よく見ると正面の玄関がなくなっているから、この館の西側から見た光景だとわかった。

「――昭和の初めごろまで、この周りで高い建物はこの鳳凰館だけやった。それが開発が進んで、ビルやマンションが建つようになって、ここには日が当たらんようになった」

青藍が腕を組んで天井を見上げた。その先にはかつて堂々とそびえていただろう、時計塔がある。

杉山《すぎやま》家の没落もまた、この館を谷底へ追いやった要因の一つだった。

物入りになるたびに、広かった庭を切り取るように売り払い、館の側面に張りつくように、別の建物が建ち始めた。

やがて夕日は遮《さえぎ》られ、いつごろからか鳳凰はその姿を見せなくなる。

「……じいさんは、子どもの時にこれを見たんか」

結紀人が肺の底からすべてを吐き出すような、大きな息をついた。

「ぼくの絵は確かに偽物やった」

青藍はどこか悔しそうに、けれどひどく満足げにそうつぶやいた。

「こっちが本物や」

その鳳凰の姿に茜はただ、圧倒される。

「きれいやなあ……」

隣で海里が、震えるような恍惚《こうこつ》とした瞳でその絵を見つめているのがわかる。

美しいものはただ美しい。

他に言葉はいらないと、海里も知っているらしかった。

やがて本物の夕日が沈んでしまったあとも、炎の鳥は館のホールに赤々と輝き続けていた。もうおそらく二度と見ることのできない姿を、青藍は永遠にここに閉じ込めたのだ。

どれくらい時間が経《た》っただろうか。

「——さて、どうするんや」

薄い唇に笑みを浮かべて、そう言ったのは海里だった。

結紀人がびくりと肩を跳ね上げる。

結紀人がこの館に――己の居場所へしがみついていることを、海里はちゃんとわかっている。

「もううつむいてるんも、飽きたんとちがうか」

海里の言葉に、結紀人が目を逸《そ》らした。

十蔵はきっと気がついていたのだろう。この鳳凰館が結紀人にとって、逃げ場でしかないということに。けれどそれを諭《さと》す前に、彼はいなくなってしまった。

結紀人は取り残された。

誰もいない、たった一人のこの世界に。

海里が静かに言った。

「杉山十蔵は死んだ。この館にもうお前の居場所はあらへん。それで、お前はそこから動けへんままか？」

それはきっと、痛いほど青藍にも刺さっただろう。

冷え切った海里の声は容赦なく厳しい。けれどどこか優しさをはらんでいるように、今の茜には思えた。

「立ち止まって考えるんはええ。喪《うしな》ったものは悼《いた》んでやり。でももうそろそろ、顔を上げてもええんとちがうか」

なんとか立ち上がって、その哀《かな》しみを見つめて。

結紀人が何かに刺されたように、ひどく痛そうな顔をした。同じ表情を青藍もしていたのを茜は見た。

海里のそれはきっと、結紀人と、そして青藍に向けられたものだ。

「大丈夫だよ」

茜の言葉もまた、どちらに向けて言ったものだろうか。

ここからまた、一歩ずつ始まるのだ。

誰かの手を借りても構わないから。立ち止まったっていいから。

でも――顔だけは前に向けておかなくては。

結紀人が唇を結んだのがわかった。

鳳凰を見て自分の手を見て、どれだけそうしていただろうか。茜も青藍も、そして海里も何も言わないまま、結紀人の答えを待っていた。

「……うん」

そのかすれた、小さな覚悟の声を。きっと十蔵は待っていたのだ。

「――まあ、茶の一杯でも飲んでいき」

そう言って海里はさっさと応接室へ上がっていった。それを追いながら、青藍がぽつりとつぶやくように言う。

「海里さんは懐に入れたら甘いとこあるから。何かあったら、頼ったらええよ」

結紀人が怪訝《けげん》そうな顔で青藍を見上げた。

「あの狐野郎が？」

「あの人はあれで情に厚いから」

人の人生にそれらしい適当なことを言って、簡単にごまかしたりしない。本当に必要なことが何なのか立ち止まってじっくりと教えてくれる。

だから厳しい。

赤の他人にそれができる人が、この世の中にどれだけいるのだろうと茜は思う。

ふん、と頭上から皮肉げな声が振ってきた。

「ぼくのことを語るやなんて、青藍もずいぶん偉《えろ》うなったな」

青藍がう、と息を詰めて階段の先を見上げる。切れ長の瞳がこちらを睥睨《へいげい》していた。

「……すいません」

青藍が殊勝《しゅしょう》に謝る姿を今後、そう見ることもないだろう。茜はなんだかおかしくなって、隣の結紀人と顔を見合わせて笑ったのだった。

青藍がうるさいから、茜はコーヒーを淹《い》れてくれている海里の隣で、別に青藍用の茶を淹れることになった。申し訳ないかぎりで、茜はできるだけぎゅっと肩を縮めた。

海里はきっちりしているように見えて案外大雑把《おおざっぱ》だ。インスタントコーヒーを適当に瓶から流し込んでいる。それを横目に、茜は青藍用に急須《きゅうす》に煎茶の葉を放り込んだ。

「青藍の世話も大変やろ」

ふいに話しかけられて、茜は慌てて首を横に振った。

「時々びっくりすることはありますけど……でも、月白邸にいさせてもらえて、本当にありがたいです」

「何かあったらぼくに言いや」

あはは、と茜は口元を引きつらせた。それは最終カードとして取っておこうと思う。青藍には十分な効力を発揮するだろうから。

「──うらやましかったんえ」

カチャリ、とマグカップにマドラーを突っ込んだ海里が、ぽつりと言った。

「ぼくは青藍がうらやましかった」

手先の器用さも丈夫な体も──何より、その絵の才が。

「どうせ、青藍と陽時に、ぼくのこと聞いたんやろ」

茜はおずおずとうなずいた。青藍と海里が初めて出会ったころの話だ。

「ぼくは中学まで、学校に通うのと病院に通うの、半々やった」

透けるような皮膚の白さがふいに目について、茜は無意識に目を逸らしていた。

「ろくに修業もできへんし、高校入ってマシになったとはいえ、またすぐ体壊すし。ついでにそう器用でもあらへんから、『にしみや』の跡継ぎは弟の岳《たける》に譲ったんや」

出会ったあの時は茶化していたけれど、悔しくないはずがない。

けれど海里はそこで諦《あきら》められるような性格ではなかった。技術を弟が継ぐなら、会社の形を維持するのが自分の役目だとそう思った。

数字のことから経営のことまで、全部勉強した。思い通りにならない体を抱《かか》えて、それでも前だけを向いて。

海里の厳しさは、己への厳しさなのかもしれないと茜は思う。

だから青藍の絵の才は、海里にとってひときわ輝いて見えたのかもしれない。

「あんな腕を持ってて、何もせえへんなんて許されへんと思てた。青藍と初めて会った時は、ぼくも高校生やったさかいな。熱いところもあったんえ」

冗談めかして海里は笑う。

この人はきっと青藍の絵も才も愛しているのだ。

茜と同じ、あの絵と腕に魅了された一人だ。

「でも月白《つきしろ》さんが亡くならはったとき、もうぼくでは――ぼくらではあかんかった」

後ろを向いてただ己の世界と哀しみに沈んでいた青藍を、海里は引き上げられなかった。

青藍は月白が遺《のこ》した最後の課題とともに、あの邸で壊れたような日々を過ごしていた。

どんな言葉も届かなかった。

誰の手も、青藍はつかもうとはしなかった。

「ぼくもまだまだやね。大事な人を喪《うしの》うて落ち込んでる子を、六年も何もできへんままほったらかしにしてもうた」

それは海里の後悔だろうか。この人も青藍を思い、あの六年を過ごした人だ。

だから結紀人のことを放っておけなかったのだろうと、茜は思う。青藍の時は届かせることができなかったその手を、今度こそ。

そう思ったのかもしれなかった。

「遊雪《ゆうせつ》さんから聞いた。茜ちゃんとすみれちゃんが、青藍を引きずり出してくれたんやね。ありがとう、茜ちゃん」

茜は一生懸命、首を横に振った。

「わたしたちはきっときっかけだっただけです」

茜とすみれの姉妹と、海里や月白邸の住人たちの何かが違うとすれば、あの瞬間に、同じ喪った苦しみを背負っていたことだ。

互いに決して前向きな関係ではなくて、一歩間違えれば一緒に沈んでいたかもしれない。

その危うさを支えたのは、青藍のなかで陽時や海里や遊雪や、月白邸の面々とともに過ごした日々だったのだと茜は思う。

「青藍さんも陽時さんも言ってました。海里さんは『正しい人だ』って」

青藍が六年間、壊れながらも仕事で誰かのために絵を描き続けていたのも、もしかしたら己の生を手放さなかったのも。

きっと自分で何かを考える意志があったからだ。茜はそう思う。

そう言うと海里は一瞬瞠目《どうもく》して、そしてはじけるように笑った。皮肉げないつもの笑みでもなく、ただ嬉しそうに。

「そんな大層なことあらへんえ。ぼくはただ美しいものを愛してるだけや」

海里がふ、と後ろを振り返る。

ソファには青藍と結紀人が並んで座っていた。会話はなくどちらも気まずそうな顔で、互いに微妙に視線を逸らしていた。

結紀人がぽつりと話しかけた。

あの絵のことを話しているのだろうとわかった。

青藍が一言なにごとかを返す。会話になっているのだろうかと心配になるほどのスピードで、けれど結紀人の目が次第に輝きを増すのがわかった。

海里がつ、と目を細める。

「自分で立ち上がって歩き出すその姿ほど――美しいもんはあらへんやろ」

海里もまた、月白邸に縁のある芸術家なのだと、ようやく茜は気がついた。

なるほど、この人は、人が歩み出す美しい様を心から愛しているのだ。

4

月白邸《つきしろてい》の庭には、茜《あかね》が知るかぎり何種類かの桜の木が勝手に自生していた。森のような庭の端に枝を広げるソメイヨシノが、五分《ごぶ》ほど花をつけ始めたころ。

青藍《せいらん》の要請で、茜は肴《さかな》を持ってその仕事部屋を訪れた。

盆にはホタルイカの沖漬けと、夕食に天ぷらで使ったふきのとうのあまりを、湯通しして木の芽和《あ》えにしたものを、それぞれ小鉢に盛って乗せている。

青藍の仕事部屋に入ると、先ほどまで使っていたのか、濃い墨の匂《にお》いがした。

「──結紀人《ゆきと》くん、あれから海里《かいり》さんのとこに入り浸《いびた》ってるみたいですね」

ずいぶん考えたようだが、結紀人は結局医者になる決意をした。名医になって金を稼《かせ》いで、鳳凰館《ほうおうかん》を海里から買い戻すのだそうだ。

それをわざわざ宣言しに来たと、海里はどこか嬉しそうに電話で話していた。

結紀人は海里にずいぶん懐《なつ》いているように見える。大学に入ったら鳳凰館でアルバイトをするのだと張り切っていた。

「……よう知ってるな」

「連絡先交換したんですよ」

盆を青藍の傍《そば》に置いて、ほら、とスマートフォンを見せる。メッセージアプリを起動すると大竹《おおたけ》結紀人という名前と、鳳凰館の写真が現れた。

「名前……」

「ああ、海里さんが『結紀人』って呼び始めから、うつったのかも」

青藍が宙を仰いで、庭に視線をやって、落ち着かなさそうにあちこち見やる。

「…………付き合うとか、になるんやったら、先にここに顔出させろ。挨拶《あいさつ》の一つもできへん男はあかんて言うとけ」

茜は目を見開いたまま、きょとんと固まった。

ふ、と思わず噴き出してしまう。

「あはは、ないですって。すみれもいるし、そんな余裕ないですよ」

妹に虫がつくのを心配する兄か、飼い主を取られそうになった大型犬かどっちだろう、と思いながら、茜は肩を震わせた。

青藍が視線を向けている先を、茜も見つめた。

障子《しょうじ》二面分の大きな桜の絵がある。花をつけない黒々としたさびしい桜の枝だ。

それが、月白《つきしろ》の青藍に遺《のこ》した課題だった。

この絵を六年間、青藍は見つめて過ごした。

今、そこには小さな動物たちが描かれている。

枝に身を寄せ合う茜色と菫《すみれ》色の雀《すずめ》が二羽。金色の猫は陽時《はるとき》、ふくふくと丸まっている犬は、ここの住人だった青年、三木涼《みきりょう》だ。

枝の先には悠然と遠くを見つめる鷹《たか》、陶芸家の遊雪《ゆうせつ》がいる。そして子猫が二匹。

そのほど近くに、まだ乾ききっていない、真白の狐。鋭い瞳を持って一人孤高に背を伸ばしている。あれはきっと海里なのだろうと茜は思った。そしてその横、まだ小さくておぼつかない足取りの子狐は、きっと結紀人だ。

それが師匠と弟子のように見えておかしかった。

この桜は、青藍だ。

花が咲かないさびしい桜の木を、月白は青藍に遺した。

この木に花が咲く時を、茜はずっと待っている。その時にはきっとここには、あふれんばかりに動物が描かれているのだろう。

そうして青藍は——月白がいないことの哀《かな》しみと喪失感から、初めて前を向くことができるのかもしれない。

茜はその絵をじっと見つめながら、無意識のうちにぽつりとつぶやいていた。

「大丈夫ですよ」

この桜に花が咲くまで、青藍を一人にしないのが茜とすみれの役目だ。

ここが茜とすみれの、唯一の居場所であるように。わたしたちが、この人のための居場所になりたい。

青藍は無言で、猪口《ちょこ》から酒を呷《あお》っていた。

穏やかな春の風がその前髪を揺らす。

その青藍の口元がうっすら微笑んでいたのを、茜はちゃんと知っている。

二　すみれのさくら

1

ソメイヨシノが満開を迎えた、その日曜日。茜《あかね》はすみれの手を引いて、しばらくぶりに笹庵《ささあん》の家を訪れた。

父の一周忌《き》だった。

笹庵は千年続く絵師の一族、東院《とういん》家の分家にあたる。御所南《ごしょみなみ》にある大きな邸《やしき》で、瑞々《みずみず》しい笹が茂っているから笹庵と呼ばれていた。

父はこの東院家、笹庵の長男で跡取りだった。

大学生のころに母と出会った父は、卒業と同時に結婚した。だが跡取りであった父と、身寄りのなかった母との結婚を東院家は許さなかった。父は母の姓である『七尾《ななお》』を選び、東院家を捨てて、東京の高円寺《こうえんじ》で暮らすことにした。

母が病気で亡くなったあと、父は茜とすみれを連れて、母が好きだった京都《きょうと》へ戻ってきた。そして上七軒《かみひちけん》で喫茶店を開き、この土地に馴染《なじ》んで生きてきたのだ。

去年の春父が亡くなったとき、茜とすみれを迎えに来たのは、父の弟で笹庵の家を継いだ、叔父《おじ》の東院佑生《ゆうき》だった。叔父は茜に言った。

──お前たちの父親は、東院家の恥や。

家も継がず一族から離れ、身寄りもない母と結婚した父は、東院家の中では異質な存在だった。

茜とすみれは、世間体《せけんてい》を気にした叔父に引き取られ、そしてこの静寂《せいじゃく》が支配する笹庵の邸でそれからを過ごしたのだ。

──あの子らが樹《いつき》くんの子やて。どこの者かもわからん娘さんとの子や。

──ほんまにしょうのない。

ときおり囁《ささや》かれる、親戚や叔父の弟子たちの口さがない噂に耳を塞《ふさ》いで、笑わなくなったすみれを抱きしめながら。

──父の一周忌は、この笹庵の邸で行われることになった。長女の茜が未成年、妻の比《ひ》奈子《なこ》は亡くなっているため、施主《せしゅ》は叔父の佑生になる。

茜は部屋を囲むようにぐるりと巡らされた廊下から、庭を望《のぞ》んで小さく嘆息した。

月白邸《つきしろてい》も静かだけれど、笹庵のそれは質が違うと茜は思う。

月白邸には森の中のような、風や木の葉が奏《かな》でるざわめきがある。庭を小さな生き物が走る音がある。ときおり陽時《はるとき》とすみれが笑う声や、青藍《せいらん》の不機嫌そうに唸《うな》る声がある。

茜自身の軽やかな「いってきます」と「ただいま」がある。

ここは違う。

東院家独特の、美しく整えられた静寂が満ちている。

庭の石の一つまで、笹の葉の一枚までがしきたりに反するのを許さないというような、絶対的な静けさだ。

だから、余計に誰かの囁きが耳に忍び込んでくるのかもしれない。

——あの子らも、かわいそうに。東院の恥になってしもて……。

茜はぐっと唇を結んだ。

ああ、息が詰まりそうだ。

「——茜」

ふ、と振り仰ぐと、青藍の顔が真上にあった。

和服ではなく、今日は質のいい黒のスーツにネクタイだ。いつもは無造作にほったらかしている髪は、ワックスで丁寧《ていねい》に撫でつけられていた。陽時の仕業《しわざ》だ。その陽時は青藍の一歩先で、黒いワンピースを着たすみれの手をしっかりと握っていた。

「すみません、ぼうっとしてました」

茜が笑ってみせると、青藍がそうか、とつぶやいたのがわかった。

今朝珍しく、声をかけずとも起きてきた青藍は、ぶつぶつと文句を言いながらもおとなしくスーツに着替えて、陽時に髪をいじらせていた。

本当なら遠い親戚である青藍や陽時は、この法事の場に参列する必要はない。だが二人とも何も言わずに、今日は茜とすみれに付き添ってくれた。

すみれと二人で参列する覚悟を決めていた茜としては、それがどれほどありがたかっただろう。

茜はこちらを振り返ったすみれの顔が、ぐっとこわばっているのがわかった。

「すみれ、大丈夫だよ」

陽時の手はそのままに、茜はすみれの小さな頭を撫でてやった。今日はワンピースに合わせて長い髪は下ろして二つに結んでいる。

茜は背中をとん、と優しく叩かれたのを感じた。

青藍だ。茜だって大丈夫だと、そう伝えてくれている。それだけで詰まった息が落ち着くのを感じた。

視線の先で青藍がふと微笑む。

ぎこちない笑みだが、茜にとっては何より安心できるのだ。ここですみれと二人きりではないと、そう思えるから。

ふいに、隣を通り過ぎた親戚の、当てこするような声を茜は拾った。

なんやて。

——久我《くが》さんとこの……。あの子たちを引き取らはったて聞いたけど。上の子、高校生
——えらい親しげやけど、年頃の娘さんとどういうつもりなんやろ。

それは明らかに揶揄《やゆ》を含んでいて、茜は動揺した。

まだ小学生のすみれはともかく——茜は青藍や陽時と、そんな風に見られるのだろうか。

そのとき初めてそう気がついた。

さっと体が冷える。自分のせいで、青藍や陽時がそういう目で見られるのは絶対に嫌だ。

「大丈夫です」

茜は慌《あわ》てて、背に回っていた青藍の手から離れた。

ここでは一瞬たりとも気を抜いてはいけない。何が引き金で青藍たちや、すみれを傷つけるかわからないのだから。

茜は青藍の取り残されたような視線から意識を逸《そ》らすように、一歩先に立って歩き始めた。

今日、一日我慢すればいいのだ。

そうしたらあとは、あのあたたかい月白邸に戻れるから。

茜の高校は、御所南にある私立高校だった。初等部から大学まであるエスカレーター式の学校で、道路を挟んだ向かい側にはすみれの通う初等部がある。

外観こそ新しいが、格式と伝統を重んじる古い高校だ。

父が亡くなったあと叔父の言いつけで、そのとき通っていた上七軒の公立の学校から、茜もすみれもここへ編入した。青藍に引き取られたときに公立に戻ると主張したのだが、人間関係もできているだろうから、このまま通えばいいと青藍たちが言ってくれたのだ。

週明け、新学期が始まった学校は、クラス替えがあったこともあって誰もが距離感をはかっているかのような、妙にそわそわとした雰囲気があった。

授業の合間の休憩時間に、教科書を整理していた茜の口から、けほ、と押し出すように小さな咳《せき》がこぼれた。

「七尾さん、風邪ひいたん?」

隣の席からクラスの子が声をかけてくれる。このクラス替えで一緒になった、山辺瑞穂《やまべみずほ》だ。友人の多い華やかな性格で、誰とでも話す人だった。たぶんあと一、二週間もすればクラスのまとめ役になるだろう。

「そうかも。ちょっと喉痛《のど》いんだ」

喉の奥がずきりと痛んで、茜は顔をしかめた。

瑞穂が自分の鞄からポーチを取り出して、中に入っていた飴《あめ》を二つ茜の机に投げてよこした。

「休み時間に舐《な》めといたほうがええよ。ちょっと楽になるやろし」

礼を言って口に入れた飴は、さわやかなレモンと甘い蜂蜜の組み合わせで、少し楽になったような気がする。

その様子を眺めていた瑞穂が口を開いた。

「七尾さんさ、ほんまに委員長引き受けてよかったん？　前のクラスでもやってたやんな」

この前の時間、茜は半年ごとの委員会決めで、クラス委員長に選ばれた。自分で手を上げたわけではなかったが、前のクラスで一緒だった子が茜を推薦したのだ。

たいした内申点になるわけではないから、一人名前が挙がれば決まったも同然だった。

「こういうの嫌いじゃないから、大丈夫だよ」

人と人の距離を上手《うま》くはかるのが、茜はたぶん人より少し得意だ。誰かと誰かの間に入ったり、意見をとりまとめたりするのも嫌いではない。

けれどその分、人と深く付き合っていくのは苦手なのかもしれないと、最近思うようになった。学校での話し相手や二人ひと組の授業に困ることはなかったけれど、放課後に遊びに行くような友人は結局去年、一人もできなかった。

中学生のころはそんなことはなかったから、たぶん父のことがあってからだ。

「──七尾さん、ほら……お家も大変らしいやん。うち先生に言うてこようか？」

瑞穂のそれは優しさだとわかっている。

わかっていてなお、神経を逆撫でされるような苛立《いらだ》ちがあった。

茜の家庭事情について隠していることもないから、前のクラスの子たちからひそやかに噂は広がっている。なかには瑞穂のように優しい人もいて、茜のことを真摯《しんし》に心配してくれているのだとわかる。

けれどそれが辛《つら》い。

誰かと話していると、うちの家は普通ではないと突きつけられる気がする。割り切ってそれでもいいと思っているつもりでも。

「ありがと、でも大丈夫」

大丈夫、大丈夫、大丈夫。

口癖《くちぐせ》になったそれを繰り返す。

きっと可愛げがないし、付き合いづらいだろうと思う。でも誰かの同情を引くように上手に振る舞うことは、茜にはできなかった。だから人と距離ができるのかもしれない。

そのくせ学校で委員長を引き受けるのも、月白邸で家事をこなすのも、無意識に、誰かに必要とされたいと思っているからだ。

結局のところ、誰かに手を差し伸べてほしいと思っていて、そのどっちつかずの自分の弱さを感じるから、なおさら苛立つのだ。

チャイムをきっかけに、瑞穂との会話はそれで終わった。

ちょうどよかった、と茜は小さく息をついた。

環境が変わって疲れているだけだ。風邪をひいてちょっと弱気になっている。そういう時には落ち込みやすいのだ。

無性に月白邸に帰りたくて仕方がなかった。

途中でスーパーに寄って月白邸に帰り着くと、先に帰っていたらしいすみれがぱたぱたと駆けてきた。

二年生に進級してから、放課後のすみれのお迎えは完全にする必要がなくなった。さびしさもあるけれど、それも成長だと見守るだけの余裕が、茜にも少しできている。

放課後のすみれは児童館にいることも、学校で友だちと遊んでいることもあるが、最近青藍の仕事を、家で眺めていることもあった。今日はそういう日だったのだろう。

後ろからのそりと青藍が顔を出した。

「青藍さん、ただいまです」

「ああ、おかえり」

それだけで、なんだかぐるぐると胸にわだかまっていたものが、すっと楽になったような気がする。

すみれが両手で抱《かか》えていた大きな箱を、こちらに向かって突きつけてきた。

「茜ちゃん茜ちゃん、これ見て！」

「何？　それ」

「お弁当箱！　青藍が出してくれた！　明日のお花見で使うんだよ」

明日は、月白邸の面々でのお花見の日だ。ソメイヨシノも場所によってはまだ満開だ。

「お父さんとの約束だもん」

すみれの言葉に、茜は微笑んだ。

「じゃあ、これにいっぱいお弁当作るね」

腕が鳴るぞと重箱を受け取って、茜はうっと顔を引きつらせた。これはお弁当箱などというかわいらしいものではない。

黒漆《くろうるし》塗《ぬ》りの地に金の蒔絵《まきえ》で描かれた桜の花びらが上品に散っていて、見るからに高そうな重箱《じゅうばこ》だ。

「……もうちょっと普通の、なかったんですか？」

正月におせちを詰めた重箱のほうが、まだおとなしかった。これは絶対、アワビとか海老《えび》とか鯛《たい》とか、飾り切りしたにんじんが入ったおしゃれな煮物とかを詰める重箱だ。ハンバーグや卵焼き、タコのソーセージやうさぎりんごなんかの、お弁当の定番《ていばん》おかずを詰めていいものではないと思う。

青藍がきょとんとした。

「別にええやろ。昔うちにいた人が作ったもんやし。習作やて言うたはったから、たいしたもんやないいて」

これも月白邸の元住人製作シリーズの一つらしい。

月白邸にはこういうものがあふれていて、リビングの机や椅子、キッチンの食器棚、庭のオブジェ、敷地内に好き勝手建てられた離れや迷路のような渡り廊下もそれだ。

だが陶芸家である遊雪《ゆうせつ》が作った器などは、海外で何百万という値がつくこともあるそうだし、青藍が適当に描き散らしている絵など、茜がひっくり返るような値段になるに違いない。

この重箱も油断できないと、漆塗りの箱を震える手で持ち直した。

茜はキッチンに入ると、さっそく大きな鍋を引っ張り出した。

もらいものの乾燥昆布をキッチンの端に置かれていたダンボール箱から取り出して、適当に切れ目を入れて出汁《だし》を取る。

月白邸にはこういうダンボール箱が定期的に届く。中には季節の野菜や海産物なんかが詰め込まれていることが多かった。

これは月白邸の元住人たちが、青藍の食生活を心配して送りつけてくるものだ。

彼らは世界のあちこちに旅をしたり、北海道で農業を始めたりとそれぞれ自由にやっているそうで、茜はありがたくその恩恵に与《あずか》っていた。

肉厚の椎茸《しいたけ》とざっくり切った白菜、鶏《とり》もも肉に鱚《きす》を全部入れてしばらく煮込む。味付けは醤油とみりんと酒を目分量で入れた。冷蔵庫から残り物の煮物と、青藍の肴《さかな》用に作っておいた南蛮漬けを適当に小鉢に盛り付ける。

鍋が煮えたあたりであらかじめゆでておいた、鍋用のうどんを放り込んだ。茜の体調不良と小学生のすみれ、大人の男性二人を足して引いて結局は四人分だ。上に乗せる葱《ねぎ》は大量に白髪葱にするのが茜の好みだった。

くつくつと鍋の煮える音を聞きながら、茜はリビングを見やった。

すみれはソファに座った青藍の、いつもの足の間に落ち着いている。たぶん絵を描いているのだろう。

クリスマスに青藍にもらった顔彩《がんさい》は、すでに半分ほどもなくなっていた。

すみれは絵を描く人になるだろうか。

父や青藍のように。それともまた違う道に出会うのだろうか。

妹の将来を考えてさびしくなるより、楽しさと嬉しさが勝るのは、青藍と陽時に焦《あせ》らなくてもいいと教えてもらったおかげだ。

うどんが煮えたころを見計らったかのように、陽時が戻ってきた。

「うどん鍋だ、春とはいえ、まだ夜も寒いもんね」

ジャケットを椅子に引っかけて、テーブルに鍋敷きとお玉をセットしてくれる。そのころには、青藍とすみれも待ち構えたように椅子に座っていた。

くつくつと煮詰めたうどんは出汁がしっかりと染《し》み込んでいて、体の中からほっこりとあたためてくれた。やけどしそうなほど熱い出汁は、ふわりと昆布の香りがする。

肉厚の椎茸も、とろりととろけるような白菜もおいしかったが、結局茜は小さな椀によそった分を食べ切るので、精一杯だった。

後片付けはすみれと二人で。茜が洗った器をすみれが拭《ふ》いてくれる。食器棚に戻すのは青藍の仕事で、これは最近になって手伝ってくれるようになった。

半分ほど食器を洗い終わったところで、茜はふる、と体を震わせた。

けほ、けほと小さな咳を繰り返していると、テーブルを拭いていた陽時の心配そうな声が聞こえた。

「茜ちゃん、調子悪いの？」

「ちょっと風邪っぽくて……」

顔を上げると、陽時と青藍がそろって大きなため息をついていた。

「そういうのは、早《はよ》う言え」

青藍がじろりと視線をこちらに向ける横で、陽時がまったく、とつぶやいた。

「おれらも食事ぐらい、なんとかするから」

「いや、なんとかできますか……？」

思わずぽろりとこぼした茜に、青藍と陽時がそろって視線を逸らす。ことこの二人はキッチンや家事、料理というものと相性が悪いのを茜も知っている。

「作るのはちょっと無理かもだけど。でも外で食べるなり、頼むなりするから」

ほら、とキッチンにいた茜を陽時がリビングまで引っ張ってくれる。

「あとはおれたちでやっとくから、お風呂入って寝な」

「や、でもあと少しですし……」

「──茜」

青藍の低い声に、茜はきゅっと唇を結んだ。

獣のような瞳のその奥に、心配そうな光が揺れているのがわかる。

心配されてかまわれるのは、申し訳ないし落ち込みそうになるけれど、少しくすぐったくて嬉しいとも思ってしまう。

陽時がすみれを促《うなが》した。

「すみれちゃん、お姉ちゃんをお風呂押し込んできて。今日は青藍じゃなくて、茜ちゃんを連れていくのが、すみれちゃんのお仕事」

すみれの目が、ぱっと輝いたのがわかった。すみれは与えられた自分の「仕事」に、誇りを持っているのだ。

「うん！　行こう、茜ちゃん」

すみれに手を引かれながら廊下に出たところで、背後からさっそくガシャン、という音がした。茜はびくっと後ろを振り返る。

「大丈夫かな……」

音からすると割れていないと思うけれど。あの二人も洗い物ぐらいはできるだろうし。

ああ、でも鍋に残ったものもそのままにしてきたし、明日の朝食も、お花見のお弁当の準備だってできていないままだ。

「すみれ、わたしやっぱり――」

「だめ！」

繋がれたすみれの手に、ぎゅっと力がこもったのがわかった。

「茜ちゃんは、元気じゃないと嫌」

その小さな手は、わずかに震えている。

そういえば、父が亡くなってから本格的に体調を崩したのは初めてだ。すみれもいつもと違う茜の様子に、不安になっているのかもしれない。

茜は妹の小さな手を、安心させるように握りしめた。

「うん。今日は、青藍さんと陽時さんにお願いする」

背後でもう一度鳴った、キッチンからのガシャンという音を、茜は聞こえないふりをして、そう言った。


――たたっという小さな足音が聞こえて、青藍はうっすらと目を開けた。

のそりと体を起こして時計を見ると、夜もまだ深い時間だ。完全に夜型の青藍は、この時間の眠りはもともと深くない。これでも七尾姉妹が来て、ずいぶん改善されたほうだった。

足音はだんだんと近づいてきて、遠慮なく青藍の部屋の障子《しょうじ》を引き開けた。

「青藍っ！」

すみれだ。

離れから走ってきたのだろうか。いつも着ているらしいピンク色のパジャマのまま、癖のない髪が肩に落ちている。

「どうしたんや」

まだ幾分寝ぼけた頭で、ぼんやりと問うと、すみれが部屋の中に駆け込んできた。

「茜ちゃんが、おかしいの！　へんなの！」

その言葉に叩き起こされるように、青藍は慌てて立ち上がった。

夕食のころから茜はずいぶんと具合が悪そうだった。本人は風邪だろうからと、いつもよりずっと早い時間に離れに戻ったはずだ。

「すみれ、陽時起こして来《き》い」

言い捨てて、青藍は掃き出し窓を引き開けて、縁側から草履《ぞうり》を履《は》くのももどかしく庭へ駆け下りた。

姉妹の住む離れへは、母屋《おもや》を通るよりここから庭を突っ切るほうが早いのだ。

すみれも慌てて飛び出してきたのだろう、離れの戸は開けっぱなしになっていた。青藍が中に駆け込むと、並んで敷いてある布団の片方が、こんもりと盛り上がっている。

「茜」

声をかけると、声にならない声が聞こえた。

「……せ……いらんさん？」

断って布団を引き剝《は》がすと、小さく丸まって肩で息をしていた茜が、うっすらと目を開けた。顔は赤いのにずいぶん寒いようで、小刻みに震えている。

陽時が離れの玄関から駆け込んできた。すでに着替えていて、こういう判断が速いのはさすがだと思う。

「青藍、車呼んだ。風邪だと思うけど、一応救急外来に診《み》せに行く」

青藍はうなずいて、不安そうなすみれの手を握りしめた。


茜と陽時が病院から戻ってきたのは、夜明け近くだった。

「やっぱり風邪だった。点滴打ってもらったし、あとは薬飲んで寝てれば大丈夫だってさ」

それを聞いて、青藍はほっと息をついた。

半分眠っているのだろう。ふらふらとした茜を離れへ戻そうとすると、妙に嫌がった。

「ここがいいです……」

普段の茜では考えられない、ふわふわとした口調でそうつぶやく。ここ、と青藍があたりを見回した。

「ここてリビングやで。布団もあらへんし、ソファやと休まらへんやろ」

普段それを言うのは茜で、リビングで寝てしまいたいとごねるのは青藍だった。いつもと逆だと思うと妙におかしい。

茜はぐずぐずと首を横に振った。

「……離れは、嫌です。さびしいです」

青藍と陽時は顔を見合わせた。夢うつつに嫌だ、と繰り返す茜に、陽時がくしゃりと自分の髪をかきまぜた。

「おれ、客間の布団持ってくるわ」

体が弱ると人恋しくなるらしいと聞いたことがある。それとも、茜の口癖である「大丈夫」を言う気力もなくなるのだろうか。

明け方の空にうっすらと太陽が昇るころ。

リビングに持ち込まれた布団にくるまった茜は、そのまま寝入っている。すみれを一人で離れに戻すわけにもいかないが、茜の風邪がうつるのも困る。結局少し離れたところに布団を敷いて、そこで寝かせていた。

目がさえてしまった大人二人は、どちらともなくテーブルの椅子に腰掛けた。

「茜ちゃん、ちょっと疲れてるんじゃないかって、医者が言ってたよ」

陽時が椅子に体を投げ出して言った。

父親の法事に新学期にと、立て続けにいろいろあったからだろうか。そもそも去年一年間の、彼女たちの怒濤《どとう》の日々を思えば、ここで一気に体調を崩したとしてもおかしくない。

どうせ眠れないのだから仕事道具を取ってくると、陽時が自分の部屋に戻ったあと。青藍はそっとソファに近づいた。

寝息があまりに静かで、ちゃんと息をしているのか不安になったからだ。

茜は普通の高校生だ。

その小さな体で背負えるだけ精一杯抱え込んでいる。

だから茜があんな風に、離れに戻るのは嫌だと、わがままを言うのは珍しい。

これでも最初に比べればずいぶんと甘えるようになったし、遠慮もなくなったと青藍は思う。

けれど、本当の家族であるには、まだお互いに遠慮があるようだった。

青藍は少し離れたところで眠っている、すみれの頭をくしゃりと撫でる。

それからその手を茜にも伸ばした。息苦しさと熱でしきりに寝返りを打ったのだろう。いつもはさらりと流れている髪が、あちこち絡《から》まっている。

その髪に指先が触れる瞬間——東院の邸で聞いた、口さがない一言を思い出した。

——年頃の娘さんとえらい親しげやけど……

なるほど、他人からすればそう見えることもあるのか、と思った。

「ぼくたちは、家族には見えへんのやろうか」

あの時、茜もその言葉を聞いていたはずだ。そうしてたぶん気を遣って離れていったのだ。そのときに妙に不安になったのを覚えている。

「——見えるよ」

振り返ると陽時が立っていた。片手にノートパソコンを抱えている。

「おれたちは家族だろ。少なくとも——今は」

陽時の目が青藍と茜を交互に捉《とら》えている。それからすぐに背を向けて、リビングのテーブルでパソコンを開いた。ブゥン、とファンの回る音がどこか耳障《みみざわ》りだ。

「そうやな——……ぼくらは家族や」

それは青藍にとっても茜たちにとっても、一度喪《うしな》って、そして欲しくてたまらなかったものだ。

2

ガシャン、と陶器かなにかが割れる音がして、茜《あかね》はうっすらと目を開けた。

頭が何かで締めつけられているみたいに鈍《にぶ》く重いし、関節がずきずきと痛い。だが喉《のど》の痛みは昨日に比べるとずいぶんマシだった。

夜中のうっすらとした記憶で、病院に連れていってもらったというようなことは覚えていた。どうやらひどく風邪をこじらせたらしい。

体を起こした茜は、あれ、と目を見開いた。

離れで眠っていると思っていたのだが、自分はリビングに寝かされていたようだ。ソファが雑にどけられていて、ふかふかのラグの上に布団が敷いてある。軽く混乱しながら、茜はソファに手をついて立ち上がった。

頭がぐわん、と揺れる。

ソファに座っていたすみれが、ぱっと顔を上げた。

「茜ちゃん、まだ寝てなくちゃだめだよ」

「おはよう、すみれ……今何時？　……朝ご飯」

作らなくちゃ、という言葉は喉の奥に引っ込んだ。時計を見上げると、午前十時を過ぎている。朝食としては大遅刻だ。

すみれが慌《あわ》てて駆け寄ってきた。

「大丈夫だよ。茜ちゃんは風邪だもん。今日は青藍《せいらん》と陽時《はるとき》くんが作ってくれてるよ」

「……え」

その言葉に不穏な響きを感じて、茜は痛む頭のことも一瞬忘れてキッチンに駆け込んだ。

キッチンでは、大人二人が真剣にフライパンをのぞき込んでいる。

青藍も陽時も身長があるからだろうか。茜にとっては広いキッチンだが、二人が頭を突き合わせていると妙に狭く見えた。

「――だからさ、目玉焼きにしとけっておれ言っただろ」

陽時が長い菜箸《さいばし》で、フライパンの中を突つき回していた。青藍が長身を丸めるようにしてフライパンの取っ手を握りしめながら、親の敵《かたき》のように中を睨《にら》みつけている。

「ぼくは卵焼きのほうが好きなんや。目玉焼きは、あの白い部分が焦《こ》げてるんが嫌や」

青藍は目玉焼きの白身部分が苦手で、出汁《だし》をたっぷり使った卵焼きが好きだ。中が半熟気味だとなお嬉しそうだと茜は知っている。

「だからって、おれたちに茜ちゃんみたいに、卵をくるくる巻く技術なんかないだろ。おとなしくそのまま焼いとけばよかったんだ」

「お前こそ、タコにする言うてたソーセージはどうしたんや」

陽時がしれっと視線を逸《そ》らす。

「全然タコっぽくならなくて、焼いてる間に焦げた」

彼らはかれこれ一時間近く、この朝食の準備と戦っているらしかった。

キッチンの中は茜の予想した通り、大惨事だった。まな板と包丁は出しっぱなしで、あちこちに失敗した食材が転がっている。皿も一枚割れた痕跡があった。

「……わたし、やりましょうか」

茜がそう言うと、青藍と陽時がやっと茜に気づいたように顔を上げた。かと思えば、声をそろえて「寝ていろ」と言われる。

「なんとかするから、待ってろ」

青藍が常にない真剣さで卵焼きをひっくり返す。

「すみれちゃんに朝食抜かせるわけにいかないし、茜ちゃんは薬飲まないと。もうちょっと待っててね」

笑顔を向ける余裕もないのだろう、陽時が皿を持ってフライパンの横で待機している。

これが二人きりなら青藍も陽時も朝食を抜いただろう。二人が懸命に何かしてくれようとしているのは、すみれと茜がいるからだ。

それがくすぐったくて、少し嬉しい。

結局、見かねた茜のアドバイスのもと、遅めの朝食は焼いたパンとヨーグルトとみかん、飲み物はインスタントカップスープという、キッチンの被害を最小限に抑えたメニューで落ち着いた。

青藍と陽時は、皿に乗せられた卵焼きらしい残骸を、義務であるかのように無言で口に運んでいる。自分も食べると茜が言うと、苦い顔で二人とも首を横に振った。そうまでされると逆に味が気になるというものである。

言葉少なにカップスープをすすっていたすみれが、ふ、と外を向いた。

「今日のお花見は、中止だね」

茜はきゅっと唇を結んだ。

外はぽかぽかとあたたかいお花見日和《びより》だ。本当なら早起きをして重箱にたくさん料理を詰めて、今頃は桜の下だったはずだ。

このタイミングで体調を崩してしまったことが、ふがいないと思う。この花見をすみれがどれだけ楽しみにしてたのか、十分に知っているから。

「ごめんね、すみれ」

そう言うと、すみれがぶんぶんと首を横に振った。

「だいじょうぶ。お花見はいいの。茜ちゃんが元気ならいいの」

すみれがカップを机に置いて、ぱっと椅子から飛び降りた。茜のところまで走ってきて、腰にぎゅっと抱きつく。

「早く、元気になって」

すみれの声が小さく震えている。不安でたまらないのだと、そう言っているようだった。

――姉はいつでも、明るくて元気だった。

すみれが泣いているときも、いつも手を握って大丈夫だよと笑ってくれる。

そのたびに、母の顔を思い出すのだ。

すみれが母とともにいたのは、三歳までだ。その記憶はずいぶんとおぼろげだった。

ただいつも自分に話しかけてくれたこと。大丈夫だよ、と言ってくれたことだけが、確かに残っていた。

父の記憶はもう少し鮮明だった。

上七軒《かみひちけん》の喫茶店で、姉と二人で楽しそうに笑っているのが、あったかくて嬉しくて、すみれは大好きだった。

でもその父ももう帰ってこないらしい。

人が死んでしまうという感覚を、すみれはまだちゃんと理解できていない。

ただ父にも母にももう会えないのだという。それが『死』というものらしいと、最近うっすらわかってきた。

死はとてもさびしい。

父も母も病気だった。病気は大事な人を『死』に追いやってしまう。だから怖い。

茜も今は軽い病気にかかっていると、陽時が言った。

風邪だから大丈夫と、姉は言う。でも咳《せき》をして苦しそうだ。

今日も朝ご飯が終わると、茜は力尽きたようにまた、リビングの布団で眠り込んでしまった。それがすみれには不安で仕方がない。

「――すみれ」

声に呼びかけられて、見上げると青藍が立っていた。

青藍は背が高くて、手も大きくて目が鋭くて怖いけれど、とても優しい。今だって、すみれを呼ぶ声はあたたかくてほっとする。

それに青藍の柔らかな京都の言葉は、父に少し似ていた。

「ぼくは出かけてくる。すぐに戻るから、すみれは陽時と茜と留守番や」

すみれは反射的に青藍の着物をつかんだ。置いていかれると思った。

青藍が困ったような顔をして、陽時を見やった。

「すみれがぐずってる。ぼくは家にいてなしゃあないな。茜も心配やしな」

なんだかちょっと嬉しそうにも聞こえる。青藍は外に出るのが嫌いだから、本当は家にいたいのかもしれない。

陽時が呆《あき》れた顔でじろりと青藍を見やった。

「おれが見てるって言ってるだろ。茜ちゃんの熱も下がったし、薬もあるし心配ないよ。ね、すみれちゃん」

陽時は、すみれにはいつもへにょへにょの笑顔を向けてくれる。すみれが笑い返すと、それがさらにでろでろになる。

陽時は女の人に人気があるらしいけれど、あのでろでろの顔で本当に？　と時々思うのだ。同じクラスのカズマくんのほうが、足が速いしかっこいい。

だけど青藍と話すとき、陽時はいつも少しぶっきらぼうだ。姉は、それは仲良しの証拠なんだと言っていた。

すみれは短い腕を――ときどき青藍がやっているように――一生懸命組んで考えてみた。

どうやら青藍には仕事があるらしいのだが、出かけるのを嫌がっているようだ。

青藍は立派な大人なのに、茜かすみれが一緒にいないと、あんまりちゃんとしていないのだ。困ったものだ。

すみれは、もう一度布団で眠っている姉の顔をのぞき込んだ。

姉が青藍の絵師としての仕事を、ときどき傍《そば》で手伝っているのを知っている。でも今日は茜は動けない。

すみれは、すっくと立ち上がって決意した。

「すみれが、やる」

すみれはきょとんとした顔の青藍の着物の袖《そで》を握りしめた。

今日は、すみれが姉の代わりをしなくちゃいけない。

「行こう、青藍。お仕事だって！」

「え、待てすみれ。ぼくは一人でええ」

「よくない。すみれが、今日は茜ちゃんの代わりをする！」

そうすれば姉は今日一日休めるし――またちゃんと元気になって、すみれに笑ってくれるに違いないのだ。

そう思うと、少し自分も元気になったような気がした。

「行くよ、青藍！」

すみれが決意をこめて見上げた先で、陽時が机に突っ伏して笑っていて、青藍がどことなく情けない顔で肩を落としていた。

青藍は休日の、人であふれた寺町通《てらまちどおり》を、ため息交じりに歩いていた。

背筋をピンと伸ばしたすみれが、自分の右手を握りしめている。すみれとは身長差がありすぎて、繋いだ右側に心なしか体が傾いている気がした。

寺町通は京都の中心部を南北に走る通りで、アーケードが設けられている。東西に走る三条《さんじょう》通と御池《おいけ》通の交わるあたりには、古くからのギャラリーや古本屋がひしめき合う場所でもあった。

青藍は人混みが苦手だ。長身に着物姿の青藍はどうしたって目立つし、じろじろと向けられる視線が鬱陶《うっとう》しい。己《おのれ》のペースで歩くことができないのも苛々《いらいら》する。

そもそも人との関わり合いそのものが、青藍にとっては煩《わずら》わしいことだった。

静かで自然の音ばかりの月白邸《つきしろてい》が恋しくなって、いっそ帰ろうか、ときびすを返そうとした時だった。

「だめだよ、青藍」

すみれがぱっとこちらを向いた。

いつも茜がくってやっている髪は、今日は陽時がやっていた。やや不格好なそれが、いつもより少し低い位置でぴょこぴょこと揺れている。

やる気に満ちあふれたすみれのきりっとした顔が姉によく似ていて、どうにも逆らいづらい。結局青藍はその小さな手に引きずられるまま、物珍しげな視線に耐えながら人混みの中を進んだ。

御池通の手前に、紀伊筆彩堂《きいひっさいどう》という屋号を掲《かか》げた文具屋がある。紀伊と名のつく通り、陽時の実家である紀伊家が営む店だ。

紀伊家は本邸を大阪に構える絵具商だ。

百年ほど前までこの寺町通の邸を本家としていたが、商売のために大阪に移転、そのとき空き家になったここを、小売の本店として活用している。

古い町屋を改装した造りで、千本格子《ごうし》を利用したウィンドウの横には、藍《あい》色の大きな暖簾《のれん》。丸に紀の字の屋号が染め抜かれていた。傍の焼き板の看板には『紀伊筆彩堂』と書かれている。

青藍とすみれが中に入ると、客は誰もいなかった。

店は木製の什器《じゅうき》で統一され、壁面には一枚売りの紙の棚が、店内中央には胸の高さまでの木の棚が設えられていて、ずらりと絵具が並べられていた。

壁の一輪挿《いちりんざ》しには、季節の花である菜の花が生けられている。鮮やかな黄色があたたかみのある空間によく映《は》えていた。

「全部絵具だ！」

すみれが目を丸くしてそう言った。

「青藍の部屋に似てる。どっちが多い？」

「さすがにここはお店やからな。ぼくの仕事部屋より、数はずっと多いやろ」

特に日本画用の画材に特化していて、生前の月白《つきしろ》もよく訪れていた。

「こんにちは」

店の奥から女性が一人顔を出した。艶《つや》やかな黒髪を一つにまとめた小柄な女性だ。

陽時の四つ年上の従姉妹《いとこ》で、この店の従業員である詩鶴《しづる》だった。笑うと目尻の端が甘く下がるあたり、陽時によく似ていると青藍は思う。

「青藍くん、久しぶりやね。筆を取りに来てくれたんかな？」

青藍は無言でうなずいた。

大切に使っていた古い筆の軸が割れたので、陽時に渡したのだが、どうやら修理を筆彩堂に頼んだらしかった。

「陽時から連絡もろたよ。あの子、わたしの結婚式から一つも連絡せんと、こういうときばっかり頼ってくるんえ」

「――……陽時は、詩鶴さんを信頼してるんですよ」

青藍はなんとかそれだけ言った。

詩鶴のほっそりとした指には、銀色の結婚指輪がはまっている。

陽時がこの年上の従姉妹に抱いていた、淡いとはとても表現できない恋心を青藍はよく知っている。

けれど詩鶴は陽時の想いを知らないまま、去年の秋に結婚した。見合いだった。

紀伊の家に勧《すす》められて受けた縁談とはいえ、悪い結婚相手ではないと陽時からは聞いている。穏やかで、詩鶴がきっと幸福であるような相手だそうだ。

あれだけ女に囲まれているくせに、詩鶴に関しては馬鹿みたいに青さを引きずっている陽時を、青藍は中学生のころから見てきた。陽時にとって詩鶴は愛《いと》おしく美しく、そうして手の出せない神聖な存在だったのだ。

陽時は詩鶴だけには想いを伝えることができなくて、その代わりにたくさんの女の手を取り続けた。そうして己に向けられる彼女たちからの本当の心と優しさに、ずっと怯《おび》えている。

それは陽時自身の弱さが招いたことで、自業自得《じごうじとく》だと青藍は思う。

けれどその弱さと人間らしさもまた、陽時だ。

詩鶴はその陽時を知らない。彼女の恋心の先に、陽時が入ったことはないからだ。

青藍は不思議そうな詩鶴とその結婚指輪から、ふ、と視線をそらした。

詩鶴に責任がないことも、彼女は幸せであるべきだということも青藍はちゃんとわかっている。それを陽時が望んでいるということも。

けれどそれでもなお、彼女の幸せをまっすぐに見つめられるほど、まだ青藍は人間ができていないのだ。

詩鶴は修理の終わった筆の包みを青藍に渡すと、すみれの傍にしゃがみ込んだ。

「はじめまして、詩鶴です」

すみれは一瞬戸惑《とまど》ったように青藍をうかがったが、やがてきりっとした顔を作った。

「こんにちは。七尾《ななお》すみれです。青藍……久我《くが》さんのおうちで、お世話になっています」

茜に何度も復唱させられていた挨拶《あいさつ》だ。ぺこりと頭を下げてしっかりと言い切ったすみれに、青藍は妙な誇らしさを覚えた。よくやった、と言いたくなる。

詩鶴が破顔《はがん》して、すみれにうんうんとうなずいていた。

「すみれちゃんは、絵を描くのが好きなの？　絵具を見てたもんね」

「うん、好き！　青藍に……あ、久我さんに、絵具をもらったんだ」

律儀《りちぎ》に名字に言い直すすみれに、青藍はなんだか面白くない気分になって、すみれの頭をくしゃりと撫でた。

「……青藍でええ」

「ほんと!? じゃあ、青藍」

すみれが青藍を見上げて、ふふーっと笑う。

「すみれは、まあ、悪ない絵も描く。ぼくが時々見てやってる」

褒《ほ》められた！　と目を輝かせるすみれを見ていると、親馬鹿になる世の父親の気持ちがよくわかるような気がして、青藍は意識して表情を引き締めた。

それなら、と詩鶴が立ち上がって店の外を指した。

「お向かいのお寺さんで今日、子どものためのお絵かき教室をやったはるんよ。ちょっとした展示会みたいなんもやってるから、すみれちゃんものぞいてきたら?」

……妙な話になってきた。子どものための展示会やお絵かき教室など、青藍の一番苦手とするところだ。できれば関わりたくない。

だが青藍が帰るぞ、と声をかけるよりすみれが先だった。

「すみれ行きたい！」

その顔が好奇心に輝いているのがわかる。

「そこに行ったら、すみれもお絵かきできるんだよね？」

「うん。描いた絵はお家に持って帰ることができるよ。近所の子がたくさん参加してた」

詩織がにっこり笑うのを見て、青藍は頭を抱《かか》えたい気持ちになった。期待を煽《あお》るようなことを言わないでほしい。

「青藍、すみれ行ってくるね！」

ぱっとすみれが走り出した。

「あ、待て、すみれ！」

この行動力は、東院《とういん》家を飛び出した父親の樹《いつき》似だろうか。姉の茜もそういえば思い立って夜中に一人で元の家がある上七軒まで行ったこともあるから、七尾家はそろってたぶん行動派だ。

たたっと走っていくすみれは、クラスで一番足が速いらしい。青藍の伸ばした手はむなしく空《くう》を切った。

「一人で行ったらあかん、ぼくが茜に怒られるやろ！」

だいたい、青藍の仕事の付き添いだとあれだけ顔をキリっとさせておいて、その自分を放っていくとはどういうことだ。職務怠慢《たいまん》で姉に言いつけるぞ。

小学生相手に大人げないことを考えながら、青藍は半ば諦《あきら》めたように、走っていくすみれの背を見つめた。どうせ行き先はわかっている。

その後ろで詩鶴が、肩を震わせておかしそうに笑っていた。

「青藍くん、楽しそうやね」

どのあたりが⁉　と青藍は不機嫌そうに唸《うな》った。毎日が騒がしい。子どもを追いかけるなんて、今までの青藍の人生にはなかった。

詩鶴が立ち上がった。

「うちは、そっちの青藍くんのほうがええて思うよ」

詩鶴は、まだ中学生だったころの青藍をよく知っている。月白がこの店に来ていた折、青藍も時々付き添っていたからだ。人付き合いを嫌う青藍は、話しかけてくれる詩鶴に返事をすることもなかったと思う。

それは今でも変わらない。人間は煩わしいと思う。

だが——せわしなく静かでもないこの日々を、今は悪くはない、とも思うこともある。

青藍はずいぶんためらったあと、ぽつりと口を開いた。

「——ぼくも、そう思います」

自分も変わったのだろうか。

青藍は穏やかさにむずむずする胸の内を押し隠すように、詩鶴に背を向けた。

紀伊筆彩堂の向かいの寺では、詩鶴の言った通りお絵かき教室と、併せて展覧会が開かれていた。どちらも十五歳以下の子ども向けだ。珍しいと思っていたら、寺に児童館が併設されていて、どうやらそちらのイベントのようだった。

子ども向けとはいえ、思ったより本格的なそれに、青藍は興味を引かれた。

あちこちに張ってあるポスターを眺めながら、青藍は首をかしげた。

「――……曽根《そね》」

主催者の欄にある名前を、ぽつりとつぶやく。どこかで聞いたことがあるような気がするが記憶が薄い。

そもそも興味のない人間の名前は、覚えないかすぐに忘れてしまうのだ。本当に知らないか、知っていてもたいした人間ではないのだろう。

さっさとそう結論づけて、青藍はすみれを追って『お絵かき教室』とやらを探した。

寺の広い境内《けいだい》の中央には大きな本堂が鎮座している。檜皮葺《ひわだぶき》の厚みのある屋根が春の陽光に照らされて、黒々とした艶を放っていた。

すみれはその堂の前、地面に敷かれた青いビニールシートの上にいた。

「すみれ！」

そう声をかけると、すでに我が物顔で座り込んでいたすみれがこちらを振り返る。

「帰るぞ」

ただでさえ休日ということで、境内は賑《にぎ》わっている。人混みの嫌いな青藍としては早く帰りたい気持ちでいっぱいだ。

だがすみれは首を横に振った。

「絵を教えてくれるんだって。すみれ、教えてもらいたい！」

「絵やったら、ぼくが教えたるやろ」

「青藍のは難しいもん」

そうきっぱりと言われて、なんだか心がざっくりと傷ついた。それに、とすみれがうつむく。

「すみれね、茜ちゃんに桜を持って帰りたいの」

ほら、とすみれが周りを指した。

寺の境内ではソメイヨシノが満開を迎えている。青空の下に淡い薄紅の花びらが美しく映《は》えていた。

本当は今日、お花見のはずだったのだ。

「茜ちゃんね、お花見楽しみにしてたんだ」

すみれが顔を上げて、まっすぐに青藍を見つめた。その瞳の奥に押し殺したような不安が揺れているのが、青藍にはわかった。

「……すみれの絵を見たら、元気になるかもしれない」

茜が体調を崩してから、すみれがずっと不安がっていることには、青藍も気がついていた。当然だ。すみれにとって今、姉は世界のすべてと言ってもいい。

それを、青藍と陽時ではまだ埋められない。

大丈夫だと何度も手を差し伸べて、二人が穏やかに笑ってくれるように——本当の家族のようになるには、きっとまだ時間が必要だ。

「……好きにせえ」

青藍がそう言うと、背後でくすくすと笑う声がした。

振り返ると、中学生くらいの少女が水のたっぷり入ったバケツを持って立っている。シャツにベスト、プリーツの入ったスカートは制服だろうか。

「お絵かき教室に参加するのかな？」

眠たそうな垂れぎみの目に後ろで一つにくくった髪、ボランティアと書かれた腕章と、青いエプロンをしている。腕章には案の定、中学校の名前が入っていたから、クラブ活動なのかもしれなかった。

靴を脱いでビニールシートに上がると、彼女はすみれの前に筆をいくつかと、色とりどりの顔彩《がんさい》、数枚の白い小皿を順に並べた。その傍には水彩やアクリルの絵具も用意されていて、確かに子どもでも手軽に楽しめるよう考えられていた。

「じゃあ一緒にがんばろか」

「はい！」

すみれが大きくうなずいた。彼女がふと青藍を見上げた。

「体験時間は一時間ぐらいです。お父さん方はあっちに休憩しはるとこがありますよ」

「お父さん……」

青藍は愕然《がくぜん》とつぶやいた。

だがここでその子の父親ではありませんと言うと、では兄ですかということになるし、そうではないとなると、では何者だと、さらにややこしいことになりそうだ。

言いたいことがないではないが、これ以上面倒ごとはごめんだ。青藍はおとなしくきゅっと口をつぐんでおいた。

境内の人混みを避けるように、青藍は展覧会の会場になっているらしい本堂に上がった。

古い堂の中は本来、明かりは設けられていない。このために持ち込んだだろう照明器具が明々と壁面を照らすなか、掛け軸や額縁《がくぶち》に表装《ひょうそう》された絵がずらりと並んでいた。

堂の中もずいぶんと混雑していて、青藍は知らず知らずのうちにぎゅっと眉を寄せていた。児童向けの日本画講座や、小中学校のクラブからの出品もあるからだろう。親子連れが多かった。

北の奥には本来尊ばれるべき仏像が、やいのやいのと盛り上がるこちらを心なしか恨めしそうに向いている。

青藍ができるだけ人混みから遠ざかろうとした、そのとき。視界の端に引っかかった一《いっ》幅《ぷく》の掛け軸に、青藍はふと目が吸い寄せられた。

それは仏像のちょうど向かい側にある、大きな掛け軸だった。

天地は金糸《きんし》の散る薄緑の裂《きれ》、中廻《ちゅうまわ》しは無地の深緑、風帯《ふうたい》と一文字《いちもんじ》は金襴《きんらん》。簡素な額や厚紙での表装もあるなか、明らかに上等とわかるそれは嫌味なほどに目立っている。

だが本当に目を引くのは、その本紙《ほんし》に描かれた絵そのものだった。

木の幹だった。おそらく桜だろう。

淡く青に染まる空も、ごつごつとした木肌も、まだどこか幼い技術で描かれたものだ。当然だ。ここは中学生までしか出展できないはずだった。

だがその絵は明らかに群を抜いていた。

一見冬枯れの桜の木だ。花の一つもついていない。空に伸びた枝には大きなつぼみが膨《ふく》らんでいる。

春を迎える寸前、その木にめいっぱい押し込まれ、あふれる寸前の生命力を感じる。

色だな、と青藍は思った。

濃い茶や緑の混ざった木肌の奥に、淡い桜色と橙色《だいだい》、もっと深い部分に濃い紅《くれない》や朱が使われている。

目には映らない、感覚でしか捉《とら》えられないほどのわずかな色だ。

だがそれが、気配として春を生み出している。

美しい絵だった。

「見事やな」

青藍は思わずそうこぼした。これが子どもの描いた絵なら末恐ろしい。

その掛け軸は他のコンクールでいくつか賞を取ったと、キャプションに書かれている。

それも納得の出来だった。

青藍は自分の目が爛々と輝いていることに、気がついていなかった。指先が無意識にとん、とんと動いている。

ぼくならどうするだろう。

紅ではなく青空に合わせて、もう少し寒色《かんしょく》寄りの深い縹《はなだ》色や、蘇芳《すおう》などを使うかもしれない。花が開いたら木肌から桜色を抜いて、初夏へ向かう若緑を混ぜるのも美しい――。

「――いい絵でしょう」

ふいに話しかけられて、青藍はこぼれそうになった舌打ちをすんでのところでこらえた。いい気分だったのがふつりと途切れた、そんな心地だった。

「青藍くんやろ。東院の」

自分の顔が引きつるのがわかる。己のことを『東院』と呼ぶ人間が、青藍は嫌いだ。

無言で振り返ると着物の男が立っていた。背は低く、長身の青藍からすると頭一つ下にある。濃茶の着物に同色の羽織、生地《きじ》の質感も仕立てもずいぶん上等だ。

瞬《まばた》き一つで無視しようとして、ふと寝込んでいるはずの茜の姿が浮かんだ。

……ここに茜がいたらきっと「挨拶ぐらいはしてください」と怒るに違いない。

いや怒るならまだいい。でも茜はたまにとても悲しそうな顔をすることがある。

「こんなことを言う権利はないのに」とか、「口を出してすみません」と言われるほうが困る。胸がとても痛くなるからだ。

青藍はたっぷり沈黙したあと、不承不承といった感じで口を開いた。

「……どちらさまですか」

心の底から不機嫌だという低い声になったが、返事をしただけ自分にしてみれば上出来である。できればこれで引いてくれればよかったのだが、相手はまったくめげなかった。

「わたしは曽根いいます。曽根忠明《ただあき》」

ああ、と青藍は瞠目《どうもく》した。ポスターで見たこの展覧会の主催者だ。

「東院の珠貴《たまき》さんにも、先代にもずいぶんお世話になって。いや、うちなんか東院に比べたら、たいしたことあらしまへんのやけど」

曽根、曽根、と頭の中でぐるぐると名前が回っている。かろうじて引っかかったそれを懸命に引きずり出した。本当はこういうのは陽時の仕事だ。

「あの、北山《きたやま》の……」

うっすらした記憶のままに口にしたそれに、目の前の男がぎらりと目を輝かせたのがわかった。それにしても目つきが悪いと青藍は、完全に自分のことを棚に上げてそう思う。

忠明は嬉しそうに破顔した。

「ええ、そうです。いや、青藍くんに覚えてもろてるなんて光栄やわ。東院の中でも随一《ずいいち》の腕や言われてるんやて?」

「ぼくは久我の人間です。東院の名前では描いてへんので」

きっぱりと切って捨てた青藍に、忠明は肩をすくめた。その目が笑いを含んだ視線をよこす。大人が高い場所から子どもを見下ろす時の、あの妙なぬるさを含んだ目だった。

「青藍くんがそう言うてやんちゃしてるて、珠貴さんが困ったはったで」

青藍は今度こそ隠しもせずに舌打ちした。

不愉快でたまらない。

仏頂面《ぶっちょうづら》で口をつぐんでいると、忠明はそれをまた子どもが拗《す》ねているとでもとったのだろう。

この男の不快な視線に耐えるのに嫌気が差して、青藍は目の前の絵に視線を向けた。春の色を含んだ深い茶色の桜が、わずかに心を落ち着かせてくれる。

「この絵は、誰が？」

待ってました、とばかりに忠明の目が輝いた。

「うちの息子や」

聞かなければよかったと、青藍は盛大に後悔した。

その桜の掛け軸は忠明の息子、正宗《まさむね》が描いたものだという。傍にキャプションとともに、ラミネート加工された雑誌の切り抜きも貼ってあった。

曰《いわ》く、曽根正宗は、中学生の天才少年だということだそうだ。この記事には忠明とともに、学生服の少年が写っていた。頬を紅潮させて誇らしいと言わんばかりに。

彼が曽根正宗だろう。

その後ろには、彼が今まで描いたであろう作品がずらりと飾られていた。それを見た青藍が、わずかに眉を寄せたことに忠明は気づいていないようだった。

学校の成績がいいとか、運動もできるとか、とめどない自慢話を青藍が九割以上聞き流していると、ふと忠明の声が低くなった。

「正宗がいて、やっとこれで曽根家も報《むく》われるて……そう思うんえ」

顔を上げた青藍の視線の先で、忠明が蛇のような目をぬるりとぎらつかせていた。

——明治時代、それまで鎖国状態であった日本に、近代化・西洋化の波が押し寄せた。

西洋で圧倒的な価値を誇った日本画も少なくないが、その一方で近代化の波に吞まれ、障壁画《しょうへきが》や障子画《しょうじ》、掛け軸などの、絵師たちの生業《なりわい》としての需要は徐々に少なくなっていく。

特に首都が東京となり、公家《くげ》や武家の人口が激減した京都では、画業の衰退は避けられなかった。

曽根家もその時代、絵師を生業とするのをやめた家の一つだ。今は北山で不動産業を営んでいるという。

「東院みたいに、生き残っていければよかったんやけどな」

皮肉げにそう言う忠明から、青藍は視線を逸らした。

忠明は薄暗い堂内に浮かぶ美しい桜の幹を、うっとりと見つめていた。

「でももう何年かしたら、うちの正宗が画壇の注目を集める時代が来る」

確かにこの絵にはそれだけの力があると青藍も思う。色も筆遣いも技巧も、遅かれ早かれ技術を身につければ、この世界で中心に立つことになるだろう。

「正直、今の東院に青藍くんが残ってへんでよかった。今の東院やったら……」

忠明が言葉を濁してうっそりと笑った。

東院家は今、その力が陰っていると誰もが言う。現当主である東院珠貴は、花と茶に明るく、反面、絵の才は凡庸《ぼんよう》だと噂されていた。

青藍は無言で、笑う忠明に背を向けた。

こういう話はうんざりだった。

才に、家の再興に、一族に。誰が、どの家が力を持つかなどどうだっていい。

青藍は呼び止める忠明の声を無視して、堂を出て短い階段を降りる。

ひどく苛々《いらいら》する。今すぐ仕事場にこもって、絵具や膠《にかわ》や墨の、お世辞にも香《かぐわ》しいとは言えない匂いの中で、和紙に筆を落として現れる己の美しい絵に耽溺《たんでき》したかった。

それか――。

本堂を出たところで、すがすがしい青空の下、すみれが真剣に筆を持って絵を描いていた。頰に顔料をつけて明るく笑う様に、波立っていた心がすっと落ち着いていく。

茜の作った肴《さかな》で酒を飲みたい。

すみれとともに、チカチカするような鮮やかな色彩のアニメーションを見て、その真似をして踊っているのを、ソファから陽時と眺めているのだって悪くない。

一族も家柄も力もどうだっていい。

ただあのあたたかな月白邸に、今は帰りたくてたまらなかった。


――すみれに絵を教えてくれたのは、今年中学一年生になったばかりの少女だった。

「真央《まお》て呼んで。よろしくね、すみれちゃん」

「七尾すみれです！　真央ちゃん、よろしくお願いします」

姉に教わった通り挨拶をすると、真央はにこっと笑ってくれた。ちょっと垂れた目に、優しい雰囲気があってほっとする。

「すみれちゃんは、何か描きたいものがあるん？」

「桜」

すみれは傍の桜の木を見上げて、さっそく筆を握った。

青い空と、茶色の幹と、ピンクの花だ。

うん、と一つうなずいて、すみれは筆にたっぷりと茶色の絵具をつけた。

色を乗せながら、すみれはううん、と唸った。どうもべったりとしているような気がする。青藍がいつも描いている絵とはちょっと違うように思えた。

「すみれちゃん、絵具の色を重ねてみたらどうかな」

黙って見ていた真央が、すっとすみれの前に、別の小さな皿をいくつか持ってきてくれた。たくさんの種類の赤色——紅とか、朱とか赤橙《あかだいだい》というのだと、いつか青藍に教えてもらった。それから深緑に若草色、浅黄《あさぎ》や山吹《やまぶき》だ。

「赤とか黒とか青とか、いろんな色を混ぜても面白いかも」

真央の声は柔らかくて耳に心地良かった。

なるほど、そういうものなのか。確かに青藍もいろんな色を使っていたような気がする。

すみれは茶色一色の筆をいったん置いて、ううん、と悩みながら赤をちょっと塗ってみた。

真央はあまり細かい指導を好まないようで、すみれが茶色の上からどんな色を塗り重ねても、うんうんとうなずいてくれる。困った顔をした時だけ、こういうのはどうか、と優しくアドバイスをくれるのだ。

すみれが白色で花の下地を塗っていると、真央が話しかけてきた。

「すみれちゃんは、なんで桜にしたん？」

「茜ちゃんにプレゼントするから」

「茜ちゃん？」

「すみれのお姉ちゃん」

そうなんだ、と真央の顔がほころぶ。

「茜ちゃんは、今日は風邪なの。ほんとは今日はお花見だったけど、中止になった」

だからね、とすみれは筆に発色のいい紅を乗せる。これと白色を混ぜれば、ちょうどいいぐらいのピンクになるはずだ。

「――すみれが桜を持って帰って、それでお家でお花見するんだ」

茜はしっかりしていてかっこよくて優しいけれど、本当はとてもさびしがり屋だ。去年父とした約束を果たせないことを、とてもさびしがっている。

だから桜を描いて、お花見をする。

そして茜にはすみれがいて、だからさびしくないんだよ、とちゃんと言ってあげなくてはいけない。

そうしたらきっと、茜も元気になってくれるはずだ。

同じところを行ったり来たりしながら、たどたどしく続くすみれの話を真央はうん、うんと相づちを打ちながら聞いてくれた。

真央が自分の筆にも絵具をつけた。すみれが描いた桜の背景を、手伝ってくれるという。

「うちも、二つ上にお兄ちゃんがいるんよ」

少しうつむいた真央は、筆先を紙にするりと走らせた。

「うちはね、お父さんが厳しくて怖いんや。友だちと遊びに行くにも、どこの子やて言うし、絵を描いたかて、女の子やからて喜んでもくれへん」

真央の表情がすっと暗くなっていくのが、すみれはなんだか嫌だった。女の子が絵を描いてはいけないというのも、すみれにはよくわからない。

「お母さんはお父さんの言うことは、はいって言いなさいてそればっかり。優しいんはお兄ちゃんだけ」

「じゃあ……真央ちゃんと真央ちゃんのお兄ちゃんは、仲良し？」

すみれが一生懸命そう言うと、真央がふ、と笑ってくれた。

「うん、お兄ちゃんだけが仲良し」

それでやっと真央が笑ってくれたから、すみれはとてもほっとした。

真央は少し姉に似ている。だから悲しい顔を見ると、すみれも胸の奥がきゅっと痛くなるのだ。

「じゃあすみれと一緒。すみれも、茜ちゃんが好き」

すみれは真央と顔を見合わせて、ふふ、と笑い合った。

気がつくとずいぶん時間が経《た》っているようだった。夕暮れまではまだ時間があるものの、抜けるような空の青は淡く紫に変わる兆《きざ》しを見せている。

すみれはなんとか完成した桜の絵を、満足そうに眺めた。

背景の美しい桜並木は、先ほど真央が手伝ってくれたものだ。

真ん中にはどんと大きな幹がある。濃い茶色には、真央の助言に従ってたくさん色を混ぜてみた。

その幹や枝から桜の五枚の花びらが、ほころんでいる。たいていは正面を向いていて、ぱっと鮮やかなピンク色だった。一番大きい花は、幹のちょうど真ん中からこちらを向いて開いている。

よく見ると本物は、幹から直接は咲いていないようだけれど、そんなのは些細《ささい》な問題だ。とても上手に仕上がったと思う。青藍にも負けないぐらい！

すみれは絵をつかんで立ち上がった。この絵を今すぐ誰かに見せたくてたまらない。

「すみれ、青藍探してくる！」

青藍ならきっと褒めてくれる。あの大きな手でくしゃっと頭を撫でてくれて。

よくやった、すみれ、と。

真央の呼び止める声も耳に入らない。すみれはもどかしそうに靴を履《は》いて、ビニールシートから飛び出した。

青藍を探してあちこち走り回っていたすみれは、ふと気がつくと知らない場所にいた。

そこは寺の裏手に広がる庭だった。振り返ると本堂の檜皮葺の屋根が見えるから、お絵かき教室の会場からはそう遠く離れていないはずだ。

庭は梅林になっていて、緑の若芽が伸び始めている枝に、咲き遅れの赤や白の梅が一つふたつこぼれている。誰かが落ちた花びらを踏みしだいたのだろう。甘い香りがした。

蛇行する石畳の道は、隣家との塀の内側を通ってやがて御池通に繋がっている。その手前に満開のソメイヨシノと、石のベンチが置いてあった。

行きすぎた、とすみれは足を止めた。ここは知らない場所だ。

戻ろうと振り返った瞬間、さあっと太陽を雲が覆い隠した。

鮮やかだった庭の彩度がぐっと暗く落ちる。林立《りんりつ》する梅の木々が、通ってきたはずの石畳を塞いでいるように見えた。

途端に心細くなって、ひゅ、と胸の内が冷たくなる。

「――迷子？」

声をかけられて、すみれは飛び上がりそうになった。

振り返ると男の子が立っている。姉と同じぐらいか少し年下だろうか。ネイビーブルーのブレザーは制服だろう。艶のある黒髪は耳の下でさっぱりと切られていた。目の端が垂れていて、その顔は、真央によく似ていた。

「……真央ちゃんの、お兄ちゃん？」

彼はぱっと目を見開いた。

「うん。真央はぼくの妹。君、真央の知り合い？」

「真央ちゃんは、さっき絵を教えてくれた」

これ！　とすみれは手に持った絵を彼に突きつけて、そして挨拶がまだだったことを思い出した。

「あっ、こんにちは。七尾すみれです。小学いち……んっと、もう二年生です」

慌ててぺこ、と頭を下げると、少年はあっけにとられたように口を開いて、やがて肩を震わせた。

「こんにちは、曽根正宗です。中学三年生です」

腰を曲げて膝《ひざ》に手をついて、すみれと視線を合わせてくれる。目がきゅうっと細くなって柔らかく笑ってくれるのが、アニメに出てくる王子様みたいだった。

「真央が絵を教えたいうことは、すみれちゃんはお絵かき教室のほうにいたんやな。こっちまで迷い込んできちゃったんか」

「すみれは迷子じゃないよ。迷子は青藍だよ」

まったく、とすみれはむすっと頬を膨らませた。

勝手にどこかに行ってしまうなんて、子どもみたいだ。早く見つけてすみれの絵を褒めてもらわないといけない。せっかく上手に描けたのだから。

「うん、そっか」

何がおかしいのか、正宗はさっきから笑ってばかりだ。

「じゃあそのセイランって人を探しに行こか」

正宗がこっち、と梅林を指したときだ。

若芽の萌《も》える梅林をかき分けるように、紺色の着物が姿を現した。

――柄にもなく汗をかいている。

青藍は肩で息をしながら石畳を駆け抜けた。こうなるのがわかっていたなら、洋服で来ればよかった。

お絵かき教室にすみれを迎えに行ったら、声をかけようとした瞬間に走り出していった。呼び止める暇《ひま》もなかった。

あんなに手足が短いくせに、妙に素早いのは何なんだ。

寺の裏手に駆けていくすみれのあとを、青藍は慌てて追いかけた。裏手の梅林の先は車の走る御池通だ。わずかに聞こえる車の音に、青藍はさっと血の気《け》が引く思いがした。

鮮やかな黄緑色の若芽が茂る梅林をかき分ける。その先、通りに繋がる門の手前で、すみれが立ち止まっているのが見えた。

「――すみれ!」

呼びかけると、すみれがこちらを振り返る。

「青藍!」

すみれが青藍の足元へ駆け寄ってきて、ぎゅっと着物をつかんだ。

「見つけた! 青藍、迷子になっちゃだめだよ。すみれ探したんだよ」

迷子はすみれで、探したのはこちらのほうだ。青藍はこみ上げそうになったため息を飲み込んだ。

ふ、と噴き出す声が聞こえて、青藍は顔を上げた。

すみれの傍《かたわ》らに少年が立っている。ネイビーブルーのブレザーには校章がデザインされていて、北山の私立中学の学生服だとわかる。

すみれが青藍の着物の袖を引いた。

「正宗くん。久我青藍さんです。すみれの保護者です」

正宗がわずかに目を見開いたのがわかった。

「じゃあ、東院家の……」

またそれか、と青藍はふんとよそを向いた。己の悪名はずいぶんとどろいているらしいと皮肉げに唇をつり上げる。

正宗が青藍に一つ頭を下げた。

「曽根正宗です」

青藍は思わず正宗のほうを向いた。

曽根と確かに言った。ではこれがさっきの男——曽根忠明の息子で——あの美しい桜の掛け軸を描いた子どもなのか。

「正宗くんは真央ちゃんのお兄さんなの！」

「真央？」

「すみれに、絵を教えてくれたんだ」

すみれが目を輝かせて、青藍の目の前に和紙を突きつけた。一生懸命握りしめたのだろう。端がくしゃっとよれている。

「見て、青藍。すみれが描いたんだよ」

和紙の真ん中にはどんと大きな桜の木。幹と言わず枝と言わず、あちこちから桜の花がこちらに向かって開いている。

構図も写実性も無視した大胆な絵だった。

色使いもすみれらしい。

赤や黄色や、様々な色を使ってまるで春を飛び越えて、夏の鮮やかな色彩に見える。

——人が見ている世界は、みなそれぞれ違うものだと、青藍は月白《つきしろ》から教わった。

だから絵は、その人の見ている世界そのものを知ることができると、青藍は思う。

この鮮やかさと色彩の豊かさ、はじけんばかりの情熱と大胆さが、きっとすみれの見ている世界だ。

姉の茜の世界はもう少しおとなしく柔らかで、けれど同じように色であふれている。

この姉妹が——青藍の白黒だった世界に色を乗せてくれたのだ。

青藍はきゅう、と目を細めた。

「ああ……悪ない」

それは青嵐の褒め言葉だと、きっとすみれも知っているだろう。

幼いすみれのまん丸の瞳に、キラキラと光が瞬《またた》く。それは夏の夜空に散る星のように、青藍には見えた。

青藍はふ、とすみれの絵の背景に描かれていた、桜並木を指した。

「これはすみれの絵やあらへんな」

「うん。真央ちゃんが描いてくれたんだ。背景が白いと、ちょっとさびしいよって」

すみれの大胆な絵を邪魔しない絶妙な色使いだ。添えられたその桜並木を見つめて、青藍は眉を寄せた。

真央、というのはお絵かき教室で、すみれの相手をしてくれていた先ほどの少女のことだろう。曽根忠明の娘で、正宗の妹だという。

なるほど、と青藍は目の前の正宗を見やった。

優しげな笑みを浮かべているが、どこか輪郭《りんかく》がはっきりしない。曖昧でぼんやりとした感覚を抱かせるのは、表情と瞳から人間性が見えないからだ。

瞳は意志の表れだと青藍は思う。

好奇心と素直さにあふれたすみれの瞳も、堅実さと責任感にあふれた意志の強い茜の瞳も、青藍は気に入っている。

だが正宗にはそれが見えない。

曖昧でぼんやりとしていて、そういう人間を青藍は覚えられないのだ。

だが唯一、その瞳が輝いていた瞬間を青藍は覚えている。

ずいぶんと昏《くら》い光だったけれど。

「お前の描いた絵を見た。桜の掛け軸や」

正宗が柔らかい笑みを浮かべた。

「ありがとうございます。父も褒めてくれるんです」

少し迷って、青藍はため息交じりにそれを口にした。

「――あれは、お前が描いたんとちがうんやろ」

正宗が息を呑んで、目を見開いたのがわかった。

掛け軸の傍に貼ってあった雑誌の切り抜きには、正宗と忠明の姿が収まった写真が載《の》っていた。その後ろに飾られていたのは、過去の正宗の作品だ。

それを見た時から、ずっと違和感があった。

目の前の桜の掛け軸と、筆遣いも色使いも微妙に違って見える。成長したのだと言われればそれまでなので黙っていたのだが、すみれの絵が決定的だった。

その背景に描かれた、桜並木だ。

繊細なタッチで描かれた桜の一本一本は、淡くぼかされている。それが上手《うま》くすみれの絵に溶け込んでいるように見えた。

けれどこの独特の色使いはまちがいない。

一見茶の幹に、淡い桃色、橙、若芽の緑と、様々に色が織り込まれている。これから芽吹き色づき育つ春の色だ。

あの掛け軸と同じ、春の気配をたっぷりとはらんだ色使いだった。

同じことができる人間が、何人もいると青藍は思えない。

「あれは、妹の絵なんやな」

正宗の手が、ぎゅっと握りしめられたのを青藍は見た。

不穏な空気を察したのか、すみれが青藍の後ろにさっと隠れた。

すみれは人なつっこく明るいが、不穏な気配に聡《さと》く警戒心も強い。それが本来の性格なのか、笹庵《ささあん》で身につけざるを得なかったものなのか、青藍にはどちらともわからない。

しばらくの沈黙のあと、正宗が唇を結んだままうなずいた。その瞳は黒く塗りつぶされたように青藍には見えた。

「──真央のためなんです」

正宗はそう言って薄く笑った。

「父は真央が絵を描くのが、嫌いなんですよ」

──正宗と真央は仲のいい兄妹だった。両親が厳しかったこともあって、真央は二つ年上の優しい兄によく懐《なつ》いた。

いつも後ろをついてくる妹が可愛くて、正宗もよく真央をかまってやった。

絵を描き始めたのは正宗が先だ。そしてその兄の背を追うように、真央もその隣で筆を握った。父に言われてコンクールに作品を出展していた正宗とは違い、真央は描いた絵を兄や友だちに見せるぐらいだった。

絵を描くのがただ楽しいようだった。

正宗が中学に上がり、真央も小学校の高学年になったころ。正宗は真央のその才能の片《へん》鱗《りん》に気がついた。

特に色の使い方だ。一見一色に見える中に、精緻《せいち》に織り込まれた色彩は息を呑むほど美しかった。それはもはや、正宗の才能では手の届かない領域だった。

妹はきっと素晴らしい絵師になるだろう。

だが父は真央が絵を描くのを嫌がった。

父にとって絵は家業で、跡取りの正宗の仕事だ。女はしかるべきところに嫁《とつ》いで、その家に尽くすのが仕事だと父はよく言った。

「……でもぼくは、真央こそが曽根の才能を受け継いだ人間やと思たんです」

父が真央の絵を展示会に出してくれるとは思わない。だが、真央の絵には評価が必要だ。学校やクラブの小さな評価ではなく、父が認めるような。

「だから……真央の絵をぼくの名前で出すことにしたんです」

真央はもとより、自分の絵の行く末にあまり興味はないようで、大好きな兄の役に立てるならと笑うばかりだ。

正宗のその試みは上手くいった。

父の望む展示会で、真央の絵は入賞した。

素晴らしい才能だと誰もが言った。賞賛の目はすべて正宗に向けられた。

あとはいつか頃合いを見て、本当は真央が描いた絵だったのだと明かせばいい。そうすれば、その才能は真央のものだったのだと隠し立てはできなくなる。

正宗は唇の端で薄く笑った。

「全部、真央のためやから」

——青藍は自分の背中にすみれが張りついているのがわかった。ぎゅっと力をこめられたのを感じる。

ただ自分の背に感じるあたたかさに、どこか背筋が伸びるような心地がした。

すみれは幼いが鋭い。だから本能でわかっているのかもしれないと思う。

その言葉が本当か、嘘か。

青藍はため息交じりに続けた。本当はこんな風に、面倒ごとと関わるなんてごめんだった。このまま知らないふりをして帰ってしまっても、青藍は何も困らない。

だがあの美しい掛け軸の、桜の色彩を知ってしまった。

あの色は彼女だけのものだ。

誰かがそれを奪うなんて、許されるはずがないと――絵師の自分がそう言っている。

「妹のためやて？　笑わせるわ」

正宗の顔が、今度ははっきりと歪《ゆが》んだのがわかった。

掛け軸の横、雑誌の記事の写真を青藍はよく覚えている。父親の横で頬を紅潮させて、その誉《ほま》れを一身に受け止めている少年――正宗の姿を。

そしてその瞳が昏く輝いていたことも。

「結局お前は、褒められて嬉しかったんとちがうんか？」

たとえその誉れが妹のものだとしても。

正宗が、喉の奥でひゅ、と息を詰めたのがわかった。

――曽根家の再興という、今時テレビドラマか小説くらいでしか耳にしない時代錯誤な言葉を言い聞かされて正宗は育った。

絵を描くのも最初は楽しかった。父は正宗が絵を描くたびに褒めてくれた。お前こそが、明治に失った曽根家の地位を取り戻す人間なのだと。

厳格な父が己だけに笑みを向けて期待してくれる。それがたまらなく嬉しかった。

ある日父が、一枚の絵を見せてくれた。

桜の絵だった。

墨描きの花弁一枚一枚には淡い緋《ひ》色の陰影が落ちている。花びらには朝露が光をはじいて、まるで本当にそこに咲いているかのようだ。

繊細で写実的な筆遣いは、東院流の真骨頂《しんこっちょう》だ。

絵師の雅号《がごう》は『蒼翠《そうすい》』。今の東院家の当主だという。

――今の東院の当主は、絵の才には明るくない。東院の絵師も昔に比べてずいぶんと減った。お前なら必ず追いつくことができる。

なるほどと正宗は思った。

この桜に追いつくことができればいいのだ。そうすればきっと、父はもっと褒めてくれるだろう。

だが自分の才が凡庸であったと知るのはすぐだった。

描いても描いても、あの桜のようにはならない。

何が東院の当主は才に明るくない、だ。それがずっと高みの先の話をしているのだと、やっとそう気がついた。

父から叱責《しっせき》される日々が続くなか。傍らで鮮やかな才が花開いた。

真央だ。

その色彩に触れ、自分では描くことのできない妬《ねた》みと焦燥《しょうそう》に胃の腑《ふ》を焼かれて、屈託なく自分に笑いかける真央を見た瞬間。

魔が差した。

これは真央のためだ。

彼女の才能がしかるべき場所で発揮されるために、必要なことなのだ。

後先は何も考えなかった。きっといつか明るみに出るだろうということも。

——これでぼくも……才ある人間の一人だ。

正宗の瞳に、初めて感情のようなものが宿ったのを青藍は見た。昏く燃えるような怒りだ。それは妬みかもしれず、己を顧《かえり》みられなかった哀《かな》しみなのかもしれない。

「……才能あるやつはええですよね」

それは血を吐くような叫びに聞こえた。

「絵の才は女の真央には必要なかった。ぼくに真央の才能があったら——全部、上手くいったのに」

初めて正宗の輪郭がはっきりと見えたような気がした。

ただの中学三年生の、未熟な少年だ。厳しい父に絵の腕だけを褒められて育った。

だから絵の腕だけが彼を示すものだ。

「あんたのこと、ぼくも知ってる。久我青藍いうたら『春嵐《しゅんらん》』やろ。画壇では並ぶもののないすごい絵師やて……」

正宗がは、と小さく笑った。

「きっとあんたには、わからへんのやろうな」

才能のある人間に、凡才のこの惨《みじ》めさがわかってたまるかと。

泣きそうな声で正宗がそう言った。

青藍が何か言う前に、ぱっと小さな影が走り込んできた。真央だ。兄とよく似た顔立ちだが、その目には強い意志がある。

ああ、茜に少し似ていると思った。

「うちのお兄ちゃんに、何してはるんですか」

真央はきっぱりとそう言って、青藍の前に立ち塞がった。よく見ると小さく震えていて小動物のようだ。目が合うとさっと逸らされた。

これでは完全に自分が悪役ではないか。

自分の容姿にはたいして興味はないが、そんなに目つきが悪いだろうか。青藍はなんとも言えない気持ちで、正宗を見やった。

「……お前、妹の背中に丸まって恥ずかしないんか」

そう言うと、正宗がはっと顔を上げた。慌てて真央を引っ張って自分の背中に隠す。ようやく、兄の顔をしたような気がした。

この兄妹も厳しい家の中で、ずっと二人で過ごしてきたのかもしれない。

だったらなおさら、お前にはやることがあるだろうと青藍は思う。

「ぼくの知り合いにも、きょうだいがいる。その子は姉さんで、お前と同じで妹のことを大事に思てる」

背中のすみれが、ぴくっと反応したのがわかった。その頭にぽんと手を置いてやる。

いつもすみれの傍に寄り添って、必死で進む先に目を凝《こ》らしている少女のことを、青藍は知っている。

手先は器用だが生きるのは下手《へた》で、甘えるのも頼るのも下手だ。自分は大丈夫だと言い張るくせに見ていて危なっかしい。

そのくせ、妹の手を取って前を向くことだけは忘れない。

それが自分の役割だと信じているから。

絵の才より、家の復興より。

そういう茜の姿が、よほど誉れ高いと青藍は思う。

「たった二人の兄妹なんやろ。お前が、妹を守ってやれ」

正宗が立ち尽くしていた真央を見やった。目を丸くして、やがてそこから顔をすっと背《そむ》けている。

真央が不安そうに兄を見つめていた。

あとは、二人で考えることだ。

無言で寄り添う兄妹を見て、青藍は唇を結んだ。

遅い梅の花がこぼれる梅林を、甘い香りに囲まれて歩く。すみれの小さな足音がしっかりとついてきているのを確かめて、青藍はほっと息をついた。

正宗の言葉が、ふと頭をよぎる。

いいよな、うらやましいと、吐き出したいのは青藍自身なのかもしれなかった。

絵は青藍のすべてだった。青藍にはこれ一つきりしかなかったのだ。

月白のように広い懐《ふところ》に誰かを抱き込むことも、遊雪《ゆうせつ》のように人の生き様を愛することも、海里《かいり》のように誰かを導くことも、茜のように不器用でも強く生きることも、すみれのようにいつも明るく周りを笑顔にすることもできない。

そして——兄のように、その背で誇り高く一族を率いることも。

青藍は東院の不自由さが嫌いだが、そうまでして守るものがあるということは、理解している。伝統を守り続けるのはいつだって懸命な戦いなのだ。

珠貴はいつだってその最前線で戦い続けている。それがどれほど覚悟のいることか、青藍にはようやくわかってきた。

中学生の時、海里に言った通りだ。

ぼくには絵しかない。

それはとても美しく――ひどく孤独だ。

どんっと背中に衝撃が走った。振り返ると、すみれがぎゅっと青藍の背に抱きついている。

「青藍は、さびしくないよ」

ぐずるように着物を、ぎゅっとつかんでそう言った。

この姉妹は人の機微に鋭い。肺の奥から凍りつくような、青藍の孤独感を感じ取ったのだろうか。

「青藍にはすみれがいるよ。茜ちゃんもいる。陽時くんも、みんないる」

一人じゃないよ、と。

そのたどたどしい言葉ですみれが一生懸命そう言った。

青藍はすみれの頭をくしゃりと撫でた。

「帰ろうか、すみれ」

　ぼくたちの家族が待つ家に。

　青藍は淡く青空を透かす薄い春の雲を見上げた。最高級の和紙を空にかざしたように、美しく淡い。

　自然ははっとするような美しさを、当たり前のように見せつけてくる。

3

　立っても体がふらつかなくなり、熱も平熱近くまで戻ったことを確認してやっと、陽時《はるとき》は茜《あかね》に、キッチンに立つ許可をくれた。

「今日一日はせめて休んでたらいいのにさ。病院に行ったの、ゆうべの夜中だよ」

　それでもなお、茜の周りを心配そうにうろうろしている陽時を見て、茜は肩をすくめた。

「もう大丈夫ですって」

　それに陽時や青藍《せいらん》の、キッチンでの大惨事を見ているほうが、よほどひやひやして疲れるというものだ。

　それでも本調子ではないのは確かなので、茜はできるだけ簡単なメニューで、と冷蔵庫を開けた。

茸《きのこ》と鶏肉《とり》と筍《たけのこ》をたっぷり入れた炊き込みご飯を仕込んで、残った野菜に豚肉を足して豚汁にする。朝のことを思い出して、卵を四つ使っただし巻き卵をさっと焼いて、台所の隅で冷ましておいた。これに余った筍と出始めの柔らかいわかめで作った小鉢を添えれば、形になるだろう。

いつものパーカーの上に分厚い半纏《はんてん》を羽織っていて、正直動きにくい。だが脱ごうとすると陽時が不安そうにこちらを見るので、茜は不承不承おとなしく着込んでいた。

「風邪なんて寝てれば治りますよ」

目を離したら倒れると思われていそうだ。

「陽時さんは心配しすぎです」

茜の言葉に陽時が困ったように笑った。

「おれ風邪の看病とかちゃんとしたことなくてさ、正直どうしたらいいかわかんないんだよね」

茜はきょとんとした。

「姉さんたちは年離れてたし、風邪の時は親かお手伝いさんが面倒見てくれたし、月白邸《つきしろてい》は男所帯で、高校は男子寮だったからもっとひどかった」

陽時は中学生の時に、実家を離れて月白邸にやってきた。その後、月白のつてで東京の男子校へ進学したのだ。

「寮なんかさ、風邪ひいたら人が寝てる横でどんちゃん騒ぎ、みたいな感じだったな」

茜はふふ、と笑った。陽時には青藍たち月白邸にずっと住んでいた人たちと、また少し違う青春がある。

豚汁に味噌を溶き入れる前に、茜はふいに顔を上げた。

カーテンの向こう、庭の木々は深い藍《あい》色に染まっている。午後七時、そろそろ夕食にしてもいい頃合いだった。

「すみれと青藍さん、何してるんですかね」

青藍とすみれは、先ほど筆彩堂《ひっさいどう》から帰ってくると、二人して青藍の仕事部屋にこもっていた。

夕食ができたと呼びに行くと、なんだか二人ともそわそわしていた。何かをお披露目《ひろめ》する前のそれで、目の奥にわくわくとした期待感が見え隠れしている。二人して同じ顔をしているものだから、茜は思わず笑ってしまった。

「茜ちゃんに、プレゼントがあります！」

リビングに戻るなり唐突にすみれがそう言った。ずいっと一枚の和紙を差し出してくる。

まだ新しい紙と絵具、糊《のり》の匂《にお》いが色濃く残っていた。

目に飛び込んできたのは、大胆な桜の木だった。

中央の大きな木の幹に華やかに花が開いている。

色鮮やかな桜の絵に、茜は目を丸くした。

「すみれが描いたの?」

「うん! 今日、お絵かき教室で描いてきたの。それでさっき、青藍が後ろに紙を貼ってくれたんだ」

「簡単に表装《ひょうそう》した」

青藍があくび交じりに言う。さっき二人で仕事部屋にこもっていたのは、これだったのかと納得した。

絵の縁《へり》から見える和紙は、濃い空色に薄く紗《しゃ》が入っていて、春の淡い空を表しているかのようだった。金色の箔《はく》押しの桜がまばらに散っている。すみれの大胆な絵を邪魔しない繊細さもその手触りも、一級品だとわかる。

「……これ、絶対高い紙ですよね」

「すみれが仕上げた絵やからな。一番ええと思ったやつがそれやっただけや」

そう言う青藍はなぜだかどこか得意そうだ。

「茜ちゃん、お花見しよう！」

ほら、とすみれが庭を指した。

そこには外灯に照らされる、満開を少し過ぎたソメイヨシノと、ぽつぽつと花をつけ始めている遅咲きのしだれ桜がある。

そして、手の中には何より美しいすみれの桜。

「お父さんと、約束したもん」

茜は小さく微笑んだ。

「うん、お花見しよう……！」

どうせなら、桜が一番きれいに見える場所がいいと言ったのは陽時だ。そして渋い顔をする青藍の反対を押し切って、青藍の仕事部屋が花見会場になった。

縁側から続く窓を開け放して、たっぷりと春の夜風を取り込む。

茜がさっと握った炊き込みご飯のおにぎりを盛った大皿とだし巻き卵と筍とわかめの小鉢を並べる。味噌を溶いて葱《ねぎ》を散らした豚汁は、陽時が鍋ごと運んでくれた。

「あとはお菓子とおつまみだよね」

陽時が自分の部屋から、ビニール袋いっぱいのお菓子を持ってきてくれた。

チョコレート菓子にポテトチップス、キャンディ。個包装のバームクーヘンやパウンドケーキがぎっしりと詰まっている。

「陽時さん、こういうの食べるんですね」

茜は少し意外だった。陽時は好き嫌いはあまりないが、ことさら甘い物を好むといったこともない。陽時はすいっと視線を逸らした。

「……だって、今日お花見の予定だったし」

だからそろえておいてくれたのだろうか。

茜は途端におかしくなった。それではお花見がとても楽しみだったと、そう言っているみたいだったから。

あまり酒を飲まない陽時が、自分で買ってきたらしい缶ジュースを、茜とすみれにも分けてくれた。

青藍だけがいつものように、いそいそと徳利《とつくり》に酒を用意している。

縁側に雑多に広がった食べ物を前に、すみれが自分の缶ジュースを持ち上げた。

「かんぱーい」

甘やかな春の夜風が気持ちいい。

茜は喉《のど》の奥に滑り落ちていく、ぱちぱちとした炭酸にきゅっと目を細めた。そういえばこういうものも、久しぶりに飲んだ気がする。

はらりとこぼれる夜桜の花びら。視界の端で揺れるしだれ桜には、枝先に一つ二つ、花が開いている。

茜の手元には、青空に花開く、鮮やかなすみれの桜があった。

すみれはおにぎりと豚汁の合間に、チョコレートとバームクーヘンを頬張っている。

いつもならご飯はご飯、おやつはおやつと怒るところだけれど、今日はいいのだ。

青藍がいつもよりお酒が進んでいても、それを結局横からかすめた下戸《げこ》の陽時が、ふわふわし始めても、今日は構わない。

茜はスマートフォンから、一枚の写真を呼び出した。

父の写真だ。

ほら、とすみれの絵とともに庭に向ける。

さびしくて哀《かな》しいけれど、賑《にぎ》やかで楽しい。

厳《おご》かで正式な一周忌《き》は終わった。だからこういう悼《いた》み方も今日はいい。

頬を一滴涙がこぼれていっても、青藍がそれに気づいて、そっと頭を撫でてくれるのも。

いつもなら大丈夫と言うのだって、今日はお休みだ。

「もうちょっと、そうしててください」

そのあたたかな手がひどく安心する。

青藍が一瞬ぎくりと引きつったような気がしたけれど。やがてまたぎこちなく撫でてくれた。

ちょっとばかり甘えたって、今日はいいのだ。

——なんたって今日は無礼講、お花見なのだから。

陽時がふらふらしながら自分の部屋に帰って、茜が眠り込んだすみれをおぶって、離れに戻ったあと。

青藍は猪口《ちょこ》を片手に縁側から庭に降りた。

久しぶりに、ずいぶんといい気分だった。

冬の冷え込みがほどけ、春の風にはたくさんの草花の匂いが混じっている。春は生き物の季節だ。

菜の花と猫じゃらし、ハコベの群生をかき分けながら進むと、ふとひらけた場所に出た。

ここには桜の木がある。

秋に花をつける珍しい品種で、月白《つきしろ》のお気に入りだった。

黒々とした枝が夜空を切り取っている。

——花見の終わりに、筆彩堂から連絡があった。詩鶴《しづる》からだった。

あのあと正宗《まさむね》は、例の作品を展示物から取り下げたそうだ。

あの兄妹もこれから、父と向き合っていくのかもしれない。

真央と正宗を見ていると――自分と、そして異母兄である珠貴《たまき》がふと重なることがある。

珠貴はたぶん絵を描くことが好きではないのだと青藍は思う。

当主の義務で筆を握っているだけで、茶を点《た》てることや花を生けているときのほうが、昔からずっと楽しそうだった。

正宗の慟哭《どうこく》が耳から離れない。

青藍はその時、初めて思ったのだ。

兄はぼくのことをどう思っているのだろう。

……あの人は、東院《とういん》の一族を率いて幸せなのだろうか。

三　蒼翠の森、春の嵐

1

朝夕もずいぶんあたたかくなり、月白邸《つきしろてい》のリビングでは暖房がようやっとその役目を終えたころ。

茜《あかね》は橙色《だいだい》の夕暮れ空を背に、月白邸への帰り道を急いでいた。

岡崎《おかざき》一帯をぐるりと囲むように流れる疎水《そすい》は、その両脇にソメイヨシノが植わっている。花はほとんど落ち、瑞々《みずみず》しい若芽が夕日の赤に溶かされていた。

平安神宮《へいあんじんぐう》へ向かう神宮通《どおり》には、巨大な朱色の鳥居が、目の覚めるような鮮やかさでそびえている。

東側には昭和初期の建築物をそのまま利用した美術館、西側には図書館が、その先には朱と緑で彩られた平安神宮の応天門《おうてんもん》が、堂々とその姿をさらしていた。

横を見上げると東山《ひがしやま》が、振り返る南には知恩院《ちおんいん》や五条清水《ごじょうきよみず》につながる山々が連なり、今はすでに藍《あい》色の、夜の気配を纏《まと》っていた。

月白邸の、母屋《おもや》の玄関を引き開けて、茜は声をかけた。

「──ただいまです！」

返事を待たずに上がったリビングは、しんと静まり返っている。

すみれはまだ学校か児童館で遊んでいるのかもしれない。陽時《はるとき》は仕事で、今日は戻らないと言っていたし、青藍はいつも通り離れで仕事だろう。

窓へ向かってカーテンを開けた。

庭では赤くとろりとした光に照らされて、遅咲きのしだれ桜がぽつぽつと花をつけている。柔らかな枝に列をなすように咲く花も、青々とした下草も、木々の若芽もすべて圧倒的な夕暮れの赤橙《あかだいだい》に染め上げられている。

ひどく静かに感じる。

夕暮れ時はさびしい。

徐々に暗くなっていく気配が、胸を揺さぶるのかもしれない。

振り払うように、茜が部屋のカーテンを閉めた時だ。

——静寂《せいじゃく》を裂いて電話が鳴った。

この電話は月白邸が扇子屋《せんすや》『結扇《ゆいせん》』だったころの番号を、そのまま使っている。青藍が仕事用として伝えるのも、茜たちの保護者として学校に登録しているのもこの番号だった。

どうせ青藍は出ないから、この電話を取るのは茜か陽時だ。登録のないディスプレイの番号に首をかしげて、茜は受話器を取った。

「――こんばんは」

聞こえてきた声に、茜は受話器を取り落としそうになった。

「こ、こんばんは……」

反射的に返した声が引きつる。受話器の向こうでくつくつと喉《のど》で笑う声が聞こえた。

「そんなびっくりされるとは思わへんかったわ」

穏やかで優しそうな声音の裏に、芯のある冷徹な響きを含んでいる。茜はごくりと息を呑んだ。

東院珠貴《とういんたまき》。現在の東院家の当主で青藍の母親違いの兄だ。

茜も珠貴とは何度か面識があった。

父の葬式の時、祇園祭《ぎおんまつり》の屛風《びょうぶ》展、年始の絵画展。そして先月、母の過去を探し求めていた茜を、珠貴は己《おのれ》の茶室に呼んだ。

物腰穏やかでいつも凜《りん》と背筋を伸ばしている。生前の父と同じ年頃のはずだったが、顔立ちなのか立ち居振る舞いなのか、年齢よりずいぶんと若く見えた。

落ち着いた色の、けれど上等とわかる着物を着て、その顔からは笑みを絶やさない。そして青藍によく似た瞳の奥に怜悧《れいり》な冷たさを隠している。そういう人だった。

この底の知れなさが怖くて、茜は珠貴のことが苦手だった。

ぼす。

「何かご用ですか」

なんとか絞り出した声は、ずいぶんと硬くなった。受話器の向こうで珠貴が笑い声をこぼす。

「そんな警戒せんかて、とって食ったりせえへんよ」

青藍に用がある、と珠貴は言った。茜をからかうようだった珠貴の声色が、そこで初めて変わった。

「その……渡したいものがあるんや」

少し戸惑《とまど》ったような困ったような、そんな雰囲気だ。この人のこんな声を、茜は初めて聞いた。


——今日の月白邸の夕食は、寺町《てらまち》通で買い求めたさつま揚げだ。

こんがりとしたきつね色の表面に、紅生姜《べにしょうが》や牛蒡《ごぼう》のかけらがのぞいている。一緒に買ってきた蓮根《れんこん》と紫蘇《しそ》のはさみ揚げとともに、ざっくり切り分けて大根おろしを添えた。

春キャベツはさっと湯通しして、簡単にしらすと和《あ》える。ダンボールで届いた春物の小《こ》蕪《かぶ》は葉ごと土鍋で蒸して、生姜と挽肉《ひきにく》を使ったあんかけにした。

蕪に箸《はし》を入れると、すっと抵抗なく崩れていく。とろとろのあんが生姜の香りとともにじんわりと染《し》み込んで、出汁《だし》の風味がすうっと鼻から抜けていった。

青藍から話を聞いた陽時が、齧《かじ》りかけたはさみ揚げを、危うく箸から落としそうになっていた。

「――は、東院家に行くの？」

慌《あわ》てて窓の外を見やる。

「お前が自分から行くとか……春も終わりなのに大雪になるからやめろよな」

それを聞いたすみれが、同じほうを向いた。

「雪降るの？　もう一回？」

すみれは雪が好きらしい。今年の冬、雪の中で友だちと遊んだのが楽しかったからだろうか。逆に寒いのが苦手な青藍が、顔をしかめて首を横に振った。

「四月に雪は勘弁してくれ」

青嵐が手元の椀から、崩れやすい蕪を箸先で一口分、器用に掬《すく》い取った。

陽時も青藍も東院とその分家の躾《しつけ》を受けているからだろうか。箸や食事の所作《しょさ》が洗練されていて、ふとした瞬間に感心してしまう。

しばらく黙っていた青藍が、やがてぽつりと口を開いた。

「先代の絵が見つかったて、珠貴さんから連絡があった」

「宗介《そうすけ》さんの……？」

陽時が今度こそぽかんと口を開けた。

先代――東院家の先代当主、東院宗介は珠貴と青藍の父だ。

茜の父である樹《いつき》や叔父《おじ》の佑生《ゆうき》とは本家と分家の親戚筋なので、どこかで血が繋がっているらしい。茜が東院家のことを知った時、十六年前に亡くなっていると聞いた。

亡くなったあとも宗介の部屋は、本妻であり珠貴の母でもある東院志麻子《しまこ》の意思で、そのままにされていた。珠貴が定期的に部屋に風を通していたそうだが、先日そこで父の手帳を見つけたという。

「そこに先代の絵が挟まってた。それを、ぼくに渡したいんやて」

何が描かれていたのかと問うと、珠貴はそこで口ごもった。ともかくその絵を取りに来いというのだ。

陽時がさつま揚げの最後の一切れを飲み込んで、ううん、と箸を置いて腕を組んだ。

「それって宗介さんの形見みたいなもんだろ。言っちゃなんだけどさ、珠貴さんが青藍に渡すようには思えないんだけど」

先代東院家当主の形見ということになる。陽時が真剣な瞳で青藍を見やった。

「それってまた、理由をつけて青藍を東院に呼び出したいだけじゃないの？」

茜はどきりとした。

東院家は千年続く絵師の一族だ。だが今、その力は最盛期には及ばないと言われている。才ある絵師が喉《のど》から手が出るほど欲しいはずだ。

月白《つきしろ》や、青藍——春嵐《しゅんらん》のような。

青藍は東院家を捨て、月白の養子となり分家である『久我《くが》』の姓を継いだ。東院家とは関係なくただ絵師、春嵐として画壇で名を馳《は》せている。

珠貴は今の東院家を率いている。東院家のかつての栄光が陰っていることを危惧《きぐ》していて、家を出た青藍に東院のために絵を描くべきだと言った。青藍がどれほど断っても、珠貴はそれを諦《あきら》めていない。

珠貴はいつも青藍を東院家のもののように扱う。

茜はそれが、あまり好きではなかった。

陽時の問いに、青藍がきっぱりとうなずいた。

「本当に行くの?」

「行く」

それは珍しく、頑《かたく》なほどの青藍の意思表示だった。

「あの珠貴さんが、ぼくに渡したい絵やなんて。それも、先代のものていう」

青藍の、黒曜石のような瞳に好奇心の色が輝いているのがわかる。

「ぼくはそれを見てみたい」

こうなると青藍は絶対に折れない。

茜は少し考えて、おずおずと青藍を見上げた。

「青藍さん、それ、わたしもついていっちゃだめですか？」

青藍と陽時が、きょとんとしたのがわかった。陽時がたしなめるように言った。

「今回は、いつものアルバイトじゃないよ？」

茜は陽時に頼まれて、青藍の助手兼お目付役のようなアルバイトも引き受けている。たいていは鬱陶《うっとう》しがる青藍を仕事に連れていく役目だ。

青藍が鋭い瞳をこちらに向けた。

「茜にとって、愉快な場所やあらへん」

青藍は優しい。茜とすみれの笹庵時代のことも、東院家からの当たりの強さも知っている。だから心配してくれているのだとわかる。

「大丈夫です」

茜はしっかりとうなずいた。

「それに青藍さん、一人で行って気が変わって帰ってきちゃったらどうするんですか」

まだ心配そうな青藍に、茜が冗談めかしてそう言う。途端に青藍がうっと息を詰めた。あれこれと前科があるせいで反論ができないのだ。

「すみれも行く！」

「すみれちゃんはだめ！」

陽時が焦《あせ》ったように叫んだ。

「なんで？　すみれもお仕事する！」

茜は首を横に振った。

「すみれはお留守番」

茜も、さすがにすみれまであの邸《やしき》に連れていくのは気が引ける。陽時がじゃあ、と人さし指を立てた。

「すみれちゃんは、おれと映画見に行こっか。すみれちゃんの好きなアニメのやつ」

すみれの顔がこれ以上ないほど、ぱあっと輝いた。

「ほんと!?」

こういう時はわかりやすくて助かる。

「おれと一緒に映画見て、そんでおいしいご飯食べよ」

「ふふ、じゃあ陽時くんとデートだね」

茶を飲んでいた青藍が、ごほっとむせた。

「そんなんどこで覚えたんや、すみれ！」

「デートだねえ、すみれちゃん」

陽時は嬉しそうにでれでれと相好《そうごう》を崩している。机の下で、青藍が陽時の足を思い切り蹴りつけたのが見えた。

悶絶している陽時を苦笑交じりに眺めながら、茜はぐっと気を引き締めた。

勢いで、ついていくと言ってしまった。

茜とすみれが笹庵が苦手なように、青藍にとってもあそこは愉快な場所ではないはずだ。

だから青藍を一人で、東院家に行かせるのは絶対に嫌だった。

どう、と音がして庭の木々がざわざわと音を立てた。

天気予報ではここから数日、空模様は荒れ気味らしいと言っていた。風に煽《あお》られるようにしだれ桜の影が激しく揺れているのが見えた。

この春最後の嵐が来る。

2

翌日、東院《とういん》家に向かう車の中で、青藍《せいらん》は不機嫌そうに眉を寄せていた。珠貴《たまき》も珠貴だ、なにも午前中に訪問時間を指定することもないだろうに。

「寝ないでくださいね、青藍さん」

隣に座った茜《あかね》がじろりとこちらを向いた。高校の制服を着て、いつもより心なしか髪もきっちりと整えている気がする。東院家に行くからだろうか。

ふいに茜がこちらを向いた。

「青藍さんのお父さんって、どういう人だったんですか？」

結局うつらうつらしてしまっていた意識が、ぼんやりと覚醒する。

「どう、て……」

青藍は赤信号を見つめながら、困ったように口ごもった。

——父、東院宗介《そうすけ》のことを、青藍はよく知らない。

ただたくさんいた弟子や画壇の人間だけでなく、取引先や知り合いにまで『先生』と呼ばれていたのを覚えている。

東院宗介は平安時代から続く、東院家の二十八代目当主である。室町時代と江戸時代の終わりに大きな分派があったものの、本家はその血脈を絶やさず継いでいた。

下鴨《しもがも》神社のある糺《ただす》の森のすぐ傍《そば》に、代々大きな邸《やしき》を構えていて、今の邸は昭和に建て直したものだそうだ。

明治期、日本絵画には大きな転換期が訪れた。

それまで大和絵《やまとえ》、唐絵《からえ》などとあやふやに呼ばれてきたものが、西洋から流入してきた絵画によって比較され、日本画として捉《とら》えなおされていく。また近代化の波に呑まれるなかで、絵師の需要は先細りになっていった。

そのなかでも東院家は、確固たる地位を保ち続けていた。

「それでも人が描くもんやからな。だんだんと東院流も変質してきてた」

繊細で細部の書き込みが美しく、色は墨を基調に淡く色づけするのにとどめるのが良いとされるのが、いわゆる『東院流』だ。

だが西洋の技術や画法の流入で、その形は少しずつ崩れていく。昭和の始めごろにもなると、『東院流』は見る影もなくなったと言われたこともあったそうだ。

それを、伝統の形に引き戻したのが宗介だ。

宗介は平安時代から江戸時代にかけての東院家の掛け軸や障子絵《しょうじえ》から学び、美しい東院流を再現した。

東院にかつての美しさが戻ったと、画壇は沸き立った。

そしてみな、宗介のことを『先生』と呼んだのだ。

「教科書みたいな絵を描く人やった」

青藍が絵を描くようになってから、宗介はその絵に朱を入れた。

山の稜線《りょうせん》は淡く墨でぼかす。木々は先端まではっきりと。太陽は墨と白の明暗で表現する、庭の椿《つばき》はどれほど美しくても、花だけを大きく描いてはいけない。

どこか窮屈《きゅうくつ》だったが、でもその通りにすると「よくやった」と言ってくれた。

離れで過ごしていた青藍が、父の姿を見るのは絵を添削してもらう時だけで、父というよりは「先生」や「先代」といった感覚のほうが強い。

その関係はきっと親子と呼べるようなものではない。結局、筆と絵具だけで会話をしているようなものだった。

「少し不思議な話ですよね」

黙って聞いていた茜が口を挟んだ。

「青藍さんと珠貴さんは、お母さんが違うじゃないですか。厳格な人だったなら――」

茜がその先の言葉を濁した。

「ああ……確かに」

どうして宗介は、妻である志麻子《しまこ》がいながら青藍の母と、不貞を働いたのだろうか。

青藍の母は、当時東院家で働いていた使用人だったそうだ。青藍本人が物心つく前に邸を出てしまって、青藍は顔も覚えていない。

そのせいだろうか。青藍は母という存在をほとんど意識したことがない。だからその疑問を、今まで抱いたことがなかった。

「ぼくは先代のことを完全な人やと思てた。たぶん、今の東院の人らもそうやろ」

でも、と青藍はつぶやく。

「──あの人も、人間やったんやろうか」

車は滑るように、下鴨の森に吸い込まれていく。

下鴨神社の外側をぐるりと囲むように、糺の森は広がっている。ここが都と呼ばれるよりずっと前から植生が変わらないという。

外の喧騒《けんそう》はすべて木々に吸い取られ、静けさだけが満ちている。

時折風が枝葉を揺らし、その隙間《すきま》から陽光が降り注ぐ。若芽の萌《も》える匂《にお》い、下草がゆっくりと息づくように背を伸ばし、小さな生き物が這い回るかすかな音がする。

ここは神の森だ。

その糺の森のすぐ傍に、東院本家は広大な邸を構えていた。

白砂が敷き詰められた庭には、満開のしだれ桜が咲き誇っていた。

庭はお手本のような日本庭園だ。錦鯉《にしきごい》の泳ぐ大きな池にぐるりと庭を巡る川がそそぐ。その近くには苔《こけ》むした岩が一つ二つ置かれていた。形のいい松の木が所々に配置され、その奥に見えているのは葉桜と青紅葉《あおもみじ》。

その庭の真ん中に東院家の母屋《おもや》があった。

瓦《かわら》屋根の二階建て、寺のように天井が高く、外側を縁側と廊下が巡る造りになっている。

庭に面した廊下は飴《あめ》色の艶《つや》のある雨戸が引かれていて、明かり取りのために所々開かれていてた。そこから春の陽光が差し込む邸の中は、観光地の寺や神社のような、どこか現実感の薄さを感じさせる。

七月の屛風《びょうぶ》展や年末の画展でここに訪れた時には雨戸や障子は取り払われていたからだろう。ずいぶんと雰囲気が違って見えた。

長い廊下を、珠貴が先導してくれる。

青藍よりすらりと細く、今日はゆったりとした着物を纏《まと》っていた。質のいい藍《あい》の着物で、奇《く》しくも青藍のものと同じ色合いだ。

珠貴は青藍のことをなにかとからかう癖《くせ》があるので、邸に着いた途端「おそろいやね」

と言われて以来、青藍の機嫌は最底辺である。

珠貴は不機嫌な青藍に気を遣《つか》う性格ではないので、しれっと涼やかな顔で話しかけてくる。それがまた癪《しゃく》に障《さわ》った。

この母屋の裏手にある離れで、青藍は小学校六年生までを過ごした。特別な時以外はここに入れてもらえなかったから、ほとんど記憶にない。

いわば実家のはずなのに、ここは月白邸よりずっとよそよそしかった。

庭に面した客間からは、白砂の広大な庭が一望できた。

客間は東向きに開いていて、少し首を巡らせると、芝生の丘に植えられた満開のしだれ桜と、静けさの満ちる糺の森の木々が空を覆《おお》っているのが見えた。

茜と青藍の前には緑茶と、初夏を先取りしている、若草色の小さな練り切りが添えられている。珠貴は用があると席を外していた。

「──うわ」

隣で苦い声がして、青藍は茜を見やった。茜が緑茶の湯飲みを手に顔をしかめている。

「どうした」

「……これ、きっと高いお茶ですよね」

青藍はちらりと碗を見下ろした。外で口にものを入れるのが青藍はどうにも苦手だ。手をつけるつもりもないが、その香り高さと珠貴の性格からして、客用の高級な玉露《ぎょくろ》だろう。

「しょっぱ、甘……苦い。いろんな味がする」

茜がよそで出されたものに意見するのは珍しい。よほど舌に馴染まなかったのだろう。それでも律儀《りちぎ》に飲み干すあたり、喫茶店を営んでいたという彼女の父の考えがよく表れている。

「わたし庶民なんで、高級品は合わないみたいです……」

そうつぶやく口がへの字に曲がっていて、青藍はなんだかおかしくなった。

この子は自分で淹《い》れたコーヒーとか、インスタントのカップスープとか、お徳用パックのほうじ茶で幸せになれる子だ。

この静けさの中で、今はそれが愛《いと》おしくてたまらなかった。

珠貴が小さな文箱《ふばこ》を手に戻ってきた。

しばらく続く他愛もない世間話は、青藍が珠貴に返事をしないせいで、茜が一生懸命拾っていた。季節の着物の柄や、茶室の床の間《とこのま》に飾る花の話に、わからないなりに律儀に返事をしているのが、茜の真面目《まじめ》なところだ。

珠貴が目の奥でそれを面白がっているのがわかるから、放っておけばいいのにと思う。

茜が息切れしそうになったあたりで、珠貴がようやく本題に入った。文箱の中から二つに折りたたまれた絵を取り出すと、青藍の前に差し出す。

「これを、お前に渡そう思て」

それは葉書より一回り大きな和紙だった。どこかの室内から外を臨《のぞ》んだ風景画だ。

窓枠は荒々しい筆遣《ふでづか》いで、大きな目玉のような木目が浮いている。

窓の外は冬景色だった。

空は青くとろりと濃い雲が浮いている。ずっと遠くに見える冬枯れの山々はうっすらと白い雪が覆い被《かぶ》さっていた。

庭にも白い雪が積もっている。冬の陽光に反射してキラキラと輝いていた。奥には山茶花《さざんか》の赤と白、こっくりとした深緑の葉。

窓際《まどぎわ》に生けられた、一輪の椿《つばき》が鮮烈な紅《くれない》に染まっている。

まぶしいほどの、色彩鮮やかな絵だった。

「きれいな絵ですね」

隣からのぞき込んでいた茜が声を弾《はず》ませる。

確かに美しい絵だ。心をつかまれて揺さぶられるような感覚がある。

だが青藍は、信じられない心地だった。

「……先代の絵……ですよね」

この筆遣いにも、椿の葉の艶《つや》の入れ方や光のぼかし方、山の木々の一本一本を描くその技法にも見覚えがある。

これは先代、東院宗介の絵だ。

東院流の精緻《せいち》な美しさを呼び戻し、かつて『先生』と呼ばれたその人だ。

だがこの鮮やかな色の付け方は、東院流ではあり得ない。

木目の大胆さも輝かんばかりの雪の表現も、際立たせるようにべったりと紅の塗られた椿も。

これはむしろ——。

「月白《つきしろ》さんの絵に、似てる」

隣で茜が、へえ、とつぶやいたのがわかった。

「先代さんと、月白さんって仲良しだったんですか？」

「いやそんな話、聞いたことあらへんけど……」

月白という名前は雅号《がごう》だ。本名を久我若菜《くがわかな》という。

月白の久我家と扇子《せんす》屋の『結扇《ゆいせん》』は、もとをたどれば東院の分家である。月白は若いころ勤めていた『結扇』を継ぐために、久我家の養子になった。

月白が『結扇』を継いだあと、東院家からはほとんど切り離されていた状態だったたし、月白もそういう商売の仕方をしていたようだ。東院の客だけではなく、自分たちで販路を切り拓《ひら》いていたと聞いたことがある。

だから東院家とはあまり関わりを持たない人だと思っていた。

「この絵、本当に先代のものなんですか？」

そう問うと、珠貴がその整った眉をわずかばかりひそめた。

「そうやろうな。ここから出てきたんやし」

珠貴が文箱からもう一つ、革張りの手帳を取り出した。宗介のものだ。

黒く艶を放っていて長年使い込まれているとわかる。中身だけ取り替えられるタイプのもので、過去のものは紐《ひも》で綴《と》じてすべて保管してあるらしい。几帳面《きちょうめん》な父らしかった。

中の日付は十六年前。父が死んだ年だった。

来客の予定や指導や行事の日程などがびっしりと書き込まれている。機械で書いたような精密で細かな文字だ。

秋口からは少し隙間《すきま》が増えて、代わりに病院や検査の文字が見えるようになっていた。

珠貴が手帳に挟まっていた封筒を、青藍との間に置く。

表書きには達者な筆文字で『多田見健司《ただみけんじ》様』と宛先と住所が書かれていた。

「誰ですか？」

そう問うと、珠貴が首を横に振った。どこか皮肉げに薄い唇をつり上げる。

「さあ。ぼくにもわからへん。東院の関係者やないのやろ」

消印がないことから投函《とうかん》された様子はない。

「投函する前に、亡くなってしまわはったんやろうなあ」

珠貴がどこか人ごとのようにそう言った。

十六年前の冬の終わり、東院宗介は死んだ。

入院中に風邪をこじらせて、肺炎になった。数年前から徐々に体をむしばんでいた、癌《がん》の治療中だったから、遅かれ早かれだったのだろう。

珠貴がため息交じりにつぶやいた。

「こんな絵、志麻子さんがなんて言わはるか……」

志麻子は宗介の本妻で珠貴の母だ。宗介亡き東院家を珠貴とともに支えている。珠貴によく似たきれいな女性だった。

志麻子は東院の一族の格に厳しい人だ。

夫と他の女の間にできた子である青藍のことはもちろん、東院家を捨てて出ていった樹《いつき》の子である茜とすみれのことも、ひどく嫌っていると聞く。

ともかく、と珠貴がすっと背筋を伸ばした。

「お前がその絵を持って帰り。お前の好きにしたらええ」

そのあとに何が続くのだろう、と思わず身構えた。

東院のために絵を描けと、いつも珠貴は言う。青藍が久我の姓を継いでからも、「東院に戻ってこい」は珠貴の口癖《くちぐせ》のようなものだった。

いくばくかの沈黙のあと、青藍は思わず隣の茜と顔を見合わせた。珠貴がそれ以上、何かを言う様子ではなかったからだ。

茜がおずおずといった風に尋《たず》ねた。

「その、これって先代の当主さんの……珠貴さんのお父さんの形見ですよね。青藍さんがもらってもいいんですか？」

珠貴はにべもなく言い放った。

「そんな絵、よう外に出されへんさかい。……他の誰かやったら、お遊びやったんやなあで済むんやけど」

珠貴がぽつりと付け足した。

「お父さんは『先生』やったさかいね」

相変わらずまったく時代錯誤でつまらないと青藍は思う。だがこういうものの積み重ねが東院の伝統を守り続けているのも確かだ。

東院家は——珠貴と志麻子は、かつてその伝統が失われそうになったことを、忘れていないのだろう。

だがそれだけだろうか、と青藍は思う。そうだとすれば絵ごと処分してしまえば済むはずだ。

そのいぶかしさを含んだ沈黙に、珠貴がふう、とため息をついた。

「青藍、その絵、裏返してみ」

言われるがまま、青藍はくるりと絵をひっくり返した。大胆に絵具を置きすぎて、裏まで染みてしまっている。これも父の絵にはあり得ないことだった。

鉛筆書きで日付が入れられていた。

それは父が亡くなる数週間前で、投函できなかったという珠貴の推測は正しいのかもしれない。

その横にうっすら書かれた小さな文字を見つけて、青藍は目を見開いた。

——わが息子へ

何かを押し殺したように珠貴が深く息を吐く。

「それはお前のことやろう、青藍」

青藍は思わず立ち上がりそうになった。そんなはずはない。

「これは、珠貴さんのことや」

自分と父の間に親子の情愛があると、青藍は思ったことはない。

父の傍にいたのはいつだって珠貴だった。

だが珠貴はゆるりと首を横に振った。

「お父さんはぼくの前では、いつでも東院家の当主でいたはった」

こんな絵を描くような人ではなかった、と珠貴が言う。

「ほんまはお父さんも、この家と志麻子さんと――ぼくが厭《いと》わしかったんやろう」

それに、と珠貴はすっと立ち上がった。

「年取ってからできた子は可愛いいて言うしな」

十四歳離れた兄は冗談めかしてそう言う。

自分とよく似た目をしているのに、珠貴のそれはすがすがしく凜と前を向いていた。

すっと伸びた背にも表情も一つも隙がない。この人はずっとこうやって生きてきたのかもしれない。

父がすべてを注いだのは珠貴だ。珠貴はその父の残したすべてを背負って生きている。

青藍はずっとそう思ってきた。

珠貴が障子に手をかけて、わずかばかり振り返る。そこにも東院の図柄で繊細な松と鳶《とび》の絵が描かれていた。

「――よかったなあ、青藍」

珠貴の目の奥が怜悧に冷え切っていて、ただ青藍だけを見つめていた。


月白邸に帰り着いたころ、日はすでに陰り始めていた。相変わらず風は強く雲の流れが速い。

藍色と橙色が入り交じる夕暮れも、もうすぐ夜に沈んでしまう。

西の空に淡い三日月がうっすらと浮かんでいる。

月白というのは、月の色のことだ。

「げっぱく」と読めばほの青い月の光のことを。「つきしろ」と読めば、月が昇る前に、山の端がほんのり白むことをいう。

世界は人によって見る姿を変えると、青藍は月白に教えてもらった。その日の気分や心の動き。誰とともに見るか、誰とともにいるか。

一人で見上げる今日の月白《つきしろ》の光は、ひどく寒々しい。

珠貴の言葉が、青藍の頭の内をずっと巡っている。

幼いころ珠貴はいつも父と一緒にいた。青藍とはほとんど会話もなく、庭を駆け回って絵を描いていた青藍を、今と変わらない怜悧な瞳で見つめているだけだった。

父は何も言わなかったし、青藍も父に普通の父親像を期待したことは一度もない。

そもそも、『普通の父親』とやらが何かも知らないでいた。

だが珠貴は違うと言う。青藍こそが父の愛を受けていたのだと。

手元には父が最期《さいご》に遺《のこ》した、冬の庭の絵があった。押しつけられるようにして、結局持って帰ってきてしまったのだ。

色鮮やかな一枚絵は、少なくとも青藍の知る東院宗介の絵ではない。

これは珠貴と青藍、どちらにあてられたものだろうか。

父はどちらを――本当の息子だと思っていたのだろう。

ふいに窓から差し込む月白の光が揺らいだ。

「――茜ちゃんもすみれちゃんも、心配してたよ」

すぱんと障子を開けて、陽時が顔を出した。

遠慮なくこの仕事部屋に足を踏み入れるのは、陽時とすみれぐらいだ。そこで初めて青藍は、夕食の時間がとうに過ぎていることに気がついた。

「……悪い」

月白邸に帰ってから、ずっと自室で考え込んでいたらしい。そういえば誰かが呼びに来たような記憶がうっすらと残っていた。

「本当だよ。茜ちゃんのご飯、一回すっぽかしたんだからなお前」

それはとても惜しいことをした。そう思ってから青藍は自分に驚いた。食事にはたいして執着もなかったはずなのに。

「茜ちゃんが、とにかく飯だけはちゃんと食わないとだめだって言ってたよ。放っておいたらどうせ食べないだろうからって」

陽時が持ってきた盆には、春野菜の天ぷらと鯛《たい》茶漬けが乗っている。どれもあたたかく、淹れたてのほうじ茶までがつけられていた。

この気遣いが、自分にはもったいないと思うこともある。

盆を青藍の前に置いて、陽時が唐突に切り出した。

「――茜ちゃんから聞いた」

青藍の手元に置かれていた絵をちらりと見やる。

「結局また、珠貴さんのいいように踊らされてんじゃねえの？」

陽時は珠貴が嫌いだ。東院家と、そして志麻子が嫌いだった。それは月白邸に引き取られてきた時の青藍を多少なりとも知っているからだ。

全部を取り上げられて、怯《おび》えて部屋にこもっていたころの青藍だ。

月白に出会ったあのころを思うと、青藍も今でも胸の奥が冷たくなる。

その時、ふと何かが引っかかった。

「ぼくと月白さんは、なんで出会ったんや……？」

陽時がいぶかしげな顔をした。

「はあ？　月白さんが東院家に来た時にだろ？」

青藍が小学生の時だ。それ以来、青藍は月白がやってくるのを楽しみに待っていたのだ。

月に一度か二度、決まって日曜の夕暮れ時だった。石畳をからりからりと下駄を鳴らして歩く月白の姿を、青藍ははっきりと覚えている。

耳の奥でその懐《なつ》かしい音を聞いたような気がして、青藍は小さく首を横に振った。

「月白さんは東院にお弟子さんがいたはったわけでもない。久我の人間で、東院家のことはたぶん、あんまり好きやあらへんかった」

ではなぜ、あのころ月白は東院家に通っていたのだろうか。

そんな話を珠貴から聞いたこともないし、思い返せば、月白と会っている時に誰かから見咎《みとが》められたこともないから、もしかすると珠貴や志麻子が不在の時を狙っていたのかもしれない。

「先代の絵が、月白さんと似てることに関係あるんやろか」

月白はあの時——父に会いに来ていたのだろうか。だとしたら、なぜ——。

はあ、と盛大なため息が聞こえて、青藍は我に返った。

「飯」

陽時に盆の上を指されて、青藍は心持ち居住まいを正した。箸《はし》を取り上げて、陽時を見やる。

「明後日、この多田見いう人に会《お》うてくる」

陽時が顔をしかめた。

「知らねえからな。珠貴さんに好きに使われてました、ってなってもさ」

青藍は苦笑して首を横に振った。今回のことに関わりたくないのは、むしろ珠貴のほうだろう。

「先代と月白さんの合作みたいな、こんな絵が他にもあるんやったら、もっと見てみたいて思わへんか？」

考えるだけで、期待で背筋がぞくっと震える。

だが陽時がしらっとした顔でこちらを向いた。

「本当は？」

青藍がぐっと息を詰めた。

……結局のところ気になってしまっているのだろうか。この絵が本当は、誰に向けて描かれたものなのか。

父は珠貴と青藍、どちらを「息子」と思っていたのだろう。

それがもし、自分だったなら――。

ふいに、父に撫でられた頭のあたたかさを思い出したような気がした。

「まあいいや」

陽時があっさりとそう言った。

「とにかくそれ食って。ちゃんと食べたよって、リビングで待ってる二人に伝えるのが、おれの仕事なの」

あぐらをかいた足に肘《ひじ》をついて、陽時がちらりと青藍のほうを見やった。

「その多田見さんって人のとこ、茜ちゃんに、ついてくように頼んどくから」

「ぼくは一人でも大丈夫や」

「知ってる」

陽時がきっぱりと言った。

「でも、誰か横にいるのは心強いだろ」

青藍は一瞬目を丸くして、そうして返事の代わりにふんと鼻を鳴らした。

これだから付き合いの長い腐れ縁は困るのだ。

情けない心の中まで、すっかり見透かされてしまっているように思うから。

「……この心強さに慣れてしもたら、この先が辛《つら》いなあ」

青藍はそうひとりごちた。

茜とすみれはいつか、成長して月白邸を出ていく。

その話を陽時にするのは、もう何度目かになる。それだけ二人で考え続けていることだ。

陽時の長い足が、がっと青藍の体を蹴る。

「そんな顔、茜ちゃんに見せんなよ」

「わかってる」

彼女たちが自分の道を決めたときに、笑ってその背を押すことが、青藍たちがきっと唯一できることなのだ。

「まあお前は、ぼくの道連れやけどな」

そう陽時に言うと、優しい友人がふい、とよそを向いた。

「絶対嫌だね」

けれど陽時のその口元が柔らかく微笑んでいるのを、青藍は知っている。

陽時には言わないけれど、陽時だっていつかここを出ていくと青藍は思っている。

人の温度と優しさがないと生きていけない陽時に、手を差し伸べてくれる人が現れると思うからだ。いつか、必ず。

この月白の光に一人照らされて、ここに取り残されるのは、自分一人なのかもしれない。

青藍は忍び寄ってきた冷たさを振り払うように、首を横に振った。

すっかり冷めてしまった鯛茶漬けと天ぷらの盆を引き寄せる。

箸置きが雀《すずめ》になっている。これはきっとすみれが選んだものだ。ふっくらとしたそれは彼女のお気に入りだから。

鯛茶漬けには申しわけ程度に、鯛の刺身が二切れ乗っていた。

「お前が来ないから、すみれちゃんとおれで大半食べちゃったからな」

陽時がにやりと笑った。

その茶漬けをかさ増ししようとあがいたらしい、さつま揚げの切れ端と心持ち多めの三つ葉がどさりと乗せられていた。茜の苦労の跡がうかがえる。

天ぷらを盛ったのは絶対に陽時だと断言できる。茜なら彩りを気にするし、すみれなら自分の好物ばかり乗せるから。

紫蘇《しそ》とさやえんどう、鯛は全部青藍の好物だ。盛り付けが粗《あら》く衣《ころも》の端が砕けている。こうやって誰かが自分のことを思ってくれているのは、心がほっとあたたかくなる。

青藍は無言で手を合わせた。

鯛茶漬けはご飯に胡麻《ごま》が混ぜられていて、豊かな出汁《だし》の香りとよく合った。さっと熱が通った鯛の身がほろりと口の中でほどける。

塩で食べる天ぷらは、海老《えび》の食感と春玉葱《たまねぎ》の甘さが存分に引き立っていた。

一通り腹に収めて、少し冷めたほうじ茶をすする。この、腹が満たされるほっとした心地を教えてくれたのも茜だ。

湯飲みを置いて手を合わせて、青藍は今この瞬間、この身に与えられた幸福を思った。


夕食のあと、茜もすみれもどうにも離れに戻りがたくて、ぼんやりとリビングに残っていた。陽時が夕食の残りを青藍に持っていってから、一時間近くが経っている。

茜が行っても会えるかどうかわからなかった。本気で扉を閉ざしている青藍の部屋に入ることができるのは、まだ陽時だけだ。

そろそろ風呂の準備もしなくてはいけない。茜が重い腰を上げようとした時だった。

「──茜ちゃん、晩ご飯すっぽかした馬鹿に、ちゃんと食べさせてきたよ」

陽時が暖簾《のれん》を上げて顔を出した。空になった器を盆ごとキッチンに置く。

「おいしかったってさ」

陽時がいつものように笑っていて、なんだか妙にほっとした。

「すみれ、よかったね」

そう声をかけると、ソファに座っていたすみれが無言でうなずいた。

青藍は東院家から戻ってきてからずっと、部屋にこもっていた。夕食時に青藍を呼びに行ってくれたのはすみれだ。返事がなくて出てこなかったのをとても心配していた。

いつもなら中に突っ込んで無理やり引っ張ってくるのだが、今日のすみれは、一人でおとなしく帰ってきた。こういう時、妹は不思議と空気を読むのだ。

すみれがおずおずと陽時を見上げた。

「青藍元気だった?」

「大丈夫。ご飯もちゃんと食べてたしね」

そっか、と妹がほっとしたのがわかった。

ソファに腰掛けた陽時とすみれの前に、茜は湯気の立つカップをそれぞれ置いた。夜も遅いからコーヒーではなくココアだ。すみれはミルクたっぷりで少し甘く、陽時と自分のものはやや苦めに作ってある。

せっかくだから贅沢《ぜいたく》をしようかと、茜は冷蔵庫を開けた。

そこには夕食のついでにと作ってあった、桜のゼリーが冷やしてあった。バットに薄く固まっているものを、包丁で適当に切り分ける。

ガラスの器に盛り付けると、淡く桜色に色づいている。香りづけに使ったさくらんぼのジャムの色味だった。本物の桜の花びらが、電灯を薄く透かしている。

ソメイヨシノが散る前に、きれいな花びらをいくつかもらって塩漬けにしておいたのだ。

ソファの二人に差し出すと、陽時が目を丸くした。

「すごいね、これも茜ちゃんが作ったの？」

「寒天混ぜて固めただけです。——……青藍さんが、元気になればいいって思ったんですけど……」

青藍はこういうさっぱりとした菓子が好きだ。庭の桜を使ったし、色もきっと気に入ってくれると思っていた。

「夕食の盆に乗ってなかったよね。もう一回おれ、渡してこようか？」

陽時の申し出に、茜はややあって首を横に振った。

「わたし、自分で青藍さんに見せたかったんです」

茜は銀色のスプーンを、陽時とすみれの前に置いた。

この薄い桜色は、本当はこの春、すごく研究した。

絵具と違ってジャムでは自在に色味をコントロールできない。少しずつ混ぜる量を変えて、でも味も考えながら、本物の桜を煮溶かしたような淡く甘い桜色に。

時間のある時に何度も試作して、ようやく春の終わりにその色を再現することができたのだ。

「本当のことを言うと、青藍さんに褒《ほ》めてほしかったのかも。きれいでおいしいなって」

東院家に行くと青藍が言ってから、茜はずっと焦燥感《しょうそうかん》に駆られていた。

「……青藍さんが大変な時に、わたし何もできないなって、思っちゃったのかも」

茜はぽろりとそうこぼした。

助けられてばかりなのに、何一つ返すことができない。

あの離れの扉を閉め切られてしまったら、声だって手だって届かない。そういう焦《あせ》りがずっとあった。

陽時が銀色のスプーンを手に、仕方がないといった風に柔らかく微笑んでいた。

陽時があらためて茜をまっすぐ見つめた。

「あいつ今、一人でいろんなこと考えてんだけどさ」

陽時が無意識に見つめているのは、青藍の仕事部屋だろうか。

「あんまりよくないっておれは思ってんの」

月白が亡くなってから六年間、陽時は青藍の傍を離れなかった。友人を心配し続けて、なんとかあの部屋から引きずり出そうとしていたのだ。

茜に月白のことを話してくれた時、陽時はきっと誰よりも青藍のことを案じていたはずだ。

「だから傍にいてやってよ、茜ちゃん、すみれちゃん」

茜は陽時の目をまっすぐに見つめ返した。

「わたしが、できることなら」

あの人にもらった優しさを、たくさん返してあげたいのだ。

すみれが口いっぱい頬張った桜のゼリーを、ごくりと飲み込んだ。

「陽時くんは、青藍のことが大好きなんだ」

陽時が盛大に顔を歪めたのがわかった。

「冗談はやめてよ、すみれちゃん。おれは茜ちゃんのデザート食べないやつなんか、大嫌いだね」

照れ隠しのように、陽時は銀色のスプーンで桜色のゼリーを掬《すく》った。

3

それから二日後の午後、青藍《せいらん》は茜《あかね》が学校から帰ってくるのを待って、珠貴《たまき》から預かった葉書の宛名にあった、多田見健司《ただみけんじ》なる人物の家を訪ねた。

「よかったんか、茜。学校忙しいんとちがうんか?」

車の中でそう問うと、制服のままの茜が首を横に振った。

「大丈夫ですよ。わたし部活もないですし」

それに、と茜の顔がふと自分のほうを向いた。

「青藍さんに付き添うのが、わたしのお仕事です」

茜の笑顔に心のどこかがほっとする。なるほど、これが心強いということか。

車は岡崎《おかざき》から白川通《しらかわどおり》を北へ上がり、銀閣寺《ぎんかくじ》に続く哲学の道の前で滑るように止まった。

平日の、夕暮れも近いせいか観光客の姿がまばらになっている。哲学の道を歩きながら、隣の茜が何を思い出したのか、ふふ、と笑った。

「どうしたんや?」

「京都に来たばっかりのころ、お父さんにいろいろ観光に連れてきてもらったんです。その時、ここも来たなあって」

道には緩《ゆる》やかな歩道が整備されていて、葉桜が覆《おお》い被《かぶ》さっている。日の光を透かしてゆらゆらと歩道に影が落ちた。

「最初に金閣寺《きんかくじ》に行ったんです。金箔《きんぱく》がキラキラしてて、すみれがすごく喜んだんです」

金閣寺——鹿苑寺《ろくおんじ》は黄金色の金箔に覆われた寺だ。青藍も見に行ったことがあるが、陽光に燦然《さんぜん》と輝く様は、趣《おもむき》深さを感じるとともに衝撃的でもあった。

「それで別の日に銀閣寺にも行ったんですけど、銀閣寺って銀箔、貼ってないんですね」

青藍は思わずきょとんとしたように、その場に足を止めた。

「知らんかったんか?」

「お父さんが教えてくれなかったんですよ。わたしもすみれも、てっきり銀箔が貼ってあるものだと思ってたから、別の意味でびっくりしちゃって」

確かに名前だけ聞けば、そう思われても不思議ではない。

「すみれがすごく拗《す》ねて、なんで銀色じゃないのって」

「なんやそれ」

青藍も思わず肩を震わせて笑った。

確かに幼い子どもにしてみれば、あのキラキラと輝く金色《こんじき》の寺のあとの、銀閣寺の泰然《たいぜん》とした静けさは、別の意味で衝撃的だったかもしれない。

銀閣寺は正式には東山慈照寺《ひがしやまじしょうじ》という名前だ。

北山《きたやま》文化と呼ばれる平安時代から引き継がれた、華やかな文化を象徴した金閣寺とはまた違い、銀閣寺は武家文化に禅が混じった東山文化の建物だ。

「銀閣寺は箔が貼ったあるんとちがって、金閣寺に対してそう呼ばれるようになったみたいやけどな」

ここは庭がきれいだと――そう言っていたのは月白《つきしろ》だった。

「月白さんに、時々連れてきてもろた」

月白はこの銀閣寺の庭がどうにも好きだったようだ。

「白砂の庭も四季折々の草花も、そのただ中の銀閣寺も美しいけど――月白さんのお気に入りは、借景《しゃっけい》の東山やな」

青藍が見やった先、哲学の道の向こうには東山がゆったりとその身をさらしている。大の字がぬかれた、いわゆる大文字山《だいもんじやま》が間近に見えた。

銀閣寺の庭はこの東山を背景として考えられた、いわゆる借景の庭だ。

秋には山が色づいて、冬にはそれが枯れる。春には萌黄《もえぎ》、夏はその色がぐっと深まって庭の彩りに奥行きを与える。

自然を切り取ってそのまま庭の一部にしてしまう、美しさへの渇望はどの時代も同じなのだと青藍は思う。

——多田見健司という人は、その銀閣寺のほど近くに住んでいた。

表はごく普通の二階建ての家だ。表札の横にクリアファイルで作られた簡素な張り紙があって、『囲碁教えます』と一行、それと電話番号が達筆の墨書きで描かれていた。

あらかじめ電話で——もちろん陽時《はるとき》がかけたのだが——伝えていたこともあって、青藍たちが訪ねると、孫娘だという人がすぐに案内してくれた。

多田見は九十歳をこえる身で、庭の小さな離れで隠居しているという。孫娘の言う通り、家の裏には狭い庭を隔《へだ》てて、小さな瓦《かわら》屋根の平屋があった。

多田見健司は小柄な老人だった。茜よりも背が低い。豊かな白髪を丁寧《ていねい》に整えている様は歳よりも幾分若く見えた。

青藍と茜は、案内された客間で多田見と向かい合った。

「——君が、青藍くんやね」

長く生きた老人特有の穏やかさというものだろうか。柔らかに目を細めた多田見に、青藍は戸惑《とまど》った。

「ぼくをご存じですか」

「うん。でも会うんは初めてやね。青藍くんは囲碁をやるかな」

ちらりと多田見が後ろを振り返る。そこには使い込まれた古い碁盤と、その上に碁笥《ごけ》が二つ乗せてあった。

「いえ……簡単なルールぐらいしか」

正確に言うと五目並べのみである。月白邸《つきしろてい》が結扇《ゆいせん》であったころ、その五目並べで住人たちと勝負させられて、賭け金代わりの菓子を巻き上げられたことを、突然思い出した。嫌な思い出である。

「なんや、若菜《わかな》くんに教わらへんかったんか？」

青藍がは、と目を見開いた。

「月白さんに？」

若菜は月白の本名だ。

「ああ、でも若菜くんは下手《へた》くそやったさかいな。悔しいて隠してたんかもしれへんな」

くつくつとおかしそうに笑った多田見が、茜のほうを向いた。茜が幾分緊張した様子で、ぺこりと頭を下げる。

「七尾茜《ななおあかね》です。久我《くが》さんのお家でお世話になっていて、いろいろとお手伝いさせていただいています」

そう、と多田見の目が柔らかく細められる。

「彼女は樹《いつき》さん……東院《とういん》樹さんの娘です」

青藍が付け加えると、多田見があぁ、と思い当たったようにうなずいた。

「ずいぶん絵が上手《うま》いて、宗介《そうすけ》くんが褒《ほ》めてた子やわ。お元気にしたはるやろか」

青藍は思わず茜と顔を見合わせた。茜がおずおずと切り出す。

「……父は去年亡くなりました」

一瞬の沈黙のあと、そうか、と多田見が肩を落とした。

「あなたのお父さんいうことは、ずいぶんお若かったんやね。残念なことや」

この人は何者なのだろうか、と青藍は眉を寄せた。

東院家の関係者で樹が死んだことを知らない者はいない。よくも悪くも──いい噂の的《まと》だったのだから。だが樹自身のことや青藍のことも知っている。

そして月白のことを、若菜と呼ぶ人間は少ない。

いぶかしそうな青藍の様子に気がついたのだろう。多田見は温和な微笑みを浮かべたまま、ゆっくりとした動作で傍《そば》にあった盆を引き寄せた。

「青藍くんのことは、宗介くんの手紙によう名前が出てきとったえ。樹くんいう子も、二、三度は見かけたかな」

盆の上には漆塗《うるし》りの大きな文箱《ふばこ》が二つ乗っていた。中には手紙が詰まっている。

「これのことを聞きに来たんやてね」

多田見が皺《しわ》だらけの指先で、いくつかの封筒から紙を抜き出した。二つ折りの、葉書よりも一回り大きな絵だ。

青藍は息を呑んで、食い入るようにその絵を見つめた。

「一年に二枚か三枚、それを何十年もずうっと送り続けてくれてね」

律儀《りちぎ》やろ、と多田見が笑った。

最初のころは日付もずっと昔、青藍や珠貴《たまき》も生まれる前だ。差し入れられていた絵は東院流の繊細で淡い色使いのものだった。見慣れた父の絵だった。

それからずいぶんと年を経《へ》たころ。

突然その絵に色がついた。

東山にとろけるように日が沈んでいく、鮮やかな茜色。

暗闇の銀閣寺に昇る鮮烈な青い月、緑の萌《も》える鴨川《かもがわ》のほとり、青紅葉《あおもみじ》の南禅寺《なんぜんじ》、朱色の続く稲荷山《いなりやま》の参道……。

「……月白さんの色や」

青藍がぽつりとつぶやくと、多田見がうなずいた。

「そらそうやろうなあ」

春の朗《ほが》らかな陽気を感じさせる、ゆったりとした声音だった。皺だらけの手が開いた手紙をなぞる。絵とともに入っていたものなのだろう。

「この色は、若菜くんに教えてもろたんやて、そう書いてあったよ」

手紙の日付は、おおよそ二十年前。青藍が月白と出会う少し前だった。

混乱のさなかにいる青藍の横で、茜が多田見に問うた。

「宗介さんと月白さんは、仲良しだったんですか？」

仲良し、という響きが父にも月白にもどうにもそぐわなくて、青藍などは鼻で笑ってしまいそうになる。だが多田見はゆったりとうなずいた。

「ああ、仲良しやったよ。宗介くんと若菜くんは小さいころ、いつも一緒にいたさかい」

多田見が皺だらけの口元に、ほんのりと笑みを浮かべた。

青藍は唖然とした。

「あたしはね、二人の囲碁の先生やったんえ」

多田見がとっておきの話をするように、ぐっと笑みを深めた。

宗介と月白——若菜は二つ違いの従兄弟《いとこ》同士だ。少年時代、近所に住んでいたこともあって、いつも一緒に遊んでいたという。

宗介はひょろりと細く、しょっちゅう風邪をひいては寝込んでいた。それもあって東院本家ではなく、そのころ別荘のあった岡崎《おかざき》で暮らしていたそうだ。

年下の若菜はがっしりと大きく悪戯《いたずら》好きで、あちこち走り回るような子どもだった。

「ほんまに若菜くんはえらい子どもでな。よう岡崎の寺の住職さんに、箒《ほうき》持って追いかけ回されてたんえ」

気弱で病弱で、学校で満足に友だちも作ることのできなかった宗介を振り回すのは、いつも若菜だった。

ある夏、若菜は宗介をそそのかして、養蜂家《ようほうか》の家に忍び込んで蜂蜜を盗んだことがあったそうだ。

「こう、湯飲みに蜂蜜を入れてな、冷たい井戸水で溶いて甘《あも》うして飲むんやけど、それがばれて、そこのご主人がえらい剣幕で本家に乗り込んできはった」

「……何したはるんや、あの人……」

青藍は頭を抱《かか》えたい気持ちになった。あの人はいつの時代も自由奔放《ほんぽう》だ。子どものころから——亡くなる直前まで。

「それでちょっとはおとなしいなるやろうて、本家の人らがたくさん習い事させはってな。うちにも囲碁を習いに来はったんえ」

宗介は興味もあったのか、もともと勉強も好きだったのか、めきめきと囲碁の腕を上げていった。たいして若菜は、碁盤に向かって座るのが退屈で仕方がなかったらしい。

「十ぺんやったら、九つは宗介くんが勝つていう感じで、それも若菜くんは面白うなかったんやろうな。すぐ囲碁に飽きて、縁側でずっと絵を描いとった」

東院家に生まれた子にとって、特に本家筋に近い人間にとっては絵を習うことは必須だった。本家の跡取りであった宗介も、その従兄弟である若菜も。

自分の祖父か親を師匠にするのが東院の習わしだったが、若菜は本家の当時の当主、宗介の祖父に共に弟子入りしていた。

そのころの東院本家には弟子の数も豊富で、宗介にも弟が二人いた。従兄弟の若菜が本家筋を継ぐ目はなく、画廊を経営していた若菜の父も、絵師としてよりは経営者として若菜を育てたかったのだろう。

だが——何の天の配剤か。神はその才能を若菜に与えたのだ。

多田見がきゅう、と目を細めた。

「そのうち囲碁教室に来ても、絵ばっかり描くようになってな。生命力にあふれていて、筆を握るのが楽しいてしかたないて、そういう風やった」

その結果、と多田見は続ける。

「――当時誰も、あの絵の腕には及ばへんかった」

皮肉なことに、跡取りである宗介はそのあふれる才能を間近で見ることになったのだ。代わりに宗介は人をまとめる才があった。

成長して体が丈夫になるにつれて、宗介もその才を発揮するようになった。大学に入学するころには、本家の弟子たちをまとめて面倒も見ていたそうだ。

「宗介くんは、若菜くんのその絵の才に憧《あこが》れてたよ」

そうしてその腕があれば己《おのれ》が率いるべき東院家は安泰《あんたい》だと、そう思っていた。

大学生になって宗介が本家へ戻るとき。すでに『月白』として、若くして画壇で名を馳せていた若菜に、力を貸してほしいと言った。

「でも……月白さんはそれを断った」

青藍がぽつりと言った。

何か重く堅苦しいものに縛られるような人ではなかった。自由を愛し、好きなものを好きなだけ描き、ありのままの自然の美しさを愛《め》でる人だった。

「理由はあたしは知らんよ。でも若菜くんは実家やなくて久我の『結扇』に弟子入りした。結局そのまま久我の家を継いで、東院にほとんど関わらへんようになった」

多田見が小さく笑った。

「それから何十年も。盆正月の挨拶の時しか会わへんようになったて、宗介くんが言うたはったわ」

それが二十年前。

ふいに宗介の絵に色がついた。今まで淡くぼかされていた色合いは、だんだんと大胆に色鮮やかになっていった。

「この絵はやっぱり、先代が月白さんと描いた、いうことですか」

「なんでも、二人で内緒の部屋を作ったんやて。そういうことみたいや」

多田見があっさりとそう言うので、青藍はきょとん、としてしまった。

「はあ?」

「秘密基地か隠し部屋か知らんけど、そこで二人で絵を描いたり酒飲んだりしてたんやて」

二十年前といえば、二人とも六十歳前後だったはずだ。いいじいさん二人がそろって何をしているんだ。

青藍が頭を抱えていると、多田見がどこか遠くを見るように、視線を宙に投げた。

「宗介くんも……死ぬ前に、人間に戻りたかったんかもしれへんなあ」

ぽつり、とこぼすように多田見が言った。

二十年前――と、青藍は思い当たって目を見開いた。

そのころ宗介は癌の告知を受けて、一時期東院家が騒然としていた覚えがある。

だから父は再び月白と会うようになったのだろうか。長生きは望めないと知って、人生の最後を旧友と過ごすと決めたのかもしれない。

「東院の家で宗介くんが描いた絵を、あたしは何度も見た。素晴らしかった」

でも、と多田見がその顔をくしゃりと笑いの形に歪《ゆが》めた。

「こっちのほうがあたしは好きや。あの子が子どものまま、岡崎で自由に遊んでたころを思い出せるんやて――そう思うんえ」

多田見の目尻に、雫《しずく》が浮かんだのを青藍は見た。

「宗介くんも若菜くんも、先に逝《い》ってしもて。まあ、あたしも九十や。そのうち会えるさかい。向こうで囲碁でも打って待っててくれてるんやろ」

青藍は詰めていた息を、ふ、と吐き出した。

「きっと月白さんの惨敗ですね」

月白邸で囲碁の話が出たことは一度もない。そう言うと、多田見がその小さな体でめいっぱい笑った。

やがて多田見がとっておきの話をするように、身を乗り出した。

「宗介くんと若菜くんがその部屋を作ったんは、ある絵を残すためやったんやて」

とっておきの最後の一枚だ、と多田見が続けた。

「先代と、月白さんが残した絵……」

ぞく、っとした。

二十年前から、月白は東院の人間にも隠れて父と会っていた。それは秘密の部屋とやらで、父と二人、その絵を完成させるためだったのだろうか。

父は東院家で『先生』とまで呼ばれた絵師だ。月白は青嵐が知っている中で、最高の腕を持っている。

その二人が描いた——最後の絵がある。

その瞬間、頭の中から珠貴のことも何もかもが吹き飛んだ。

今すぐに探し出したい。その絵を見てみたくて、たまらない。

「茜、帰る」

立ち上がった青藍を、慌《あわ》てて茜が引き留めた。

「待ってください！　あ、あのっ！」

茜が青藍を座布団に押さえつけるようにして、多田見のほうを向いた。

「青藍さん、聞きたいことがあるんじゃないんですか」

青藍は一瞬目を見開いて、ああ、と口元を緩《ゆる》めた。珠貴から渡された絵のことだ。

「もうええ。答えはわかったから」

青藍は目の前に広がる色とりどりの絵を見つめた。

東院流であったころも、鮮やかな色がつくようになってからも。時折絵の中に、小さな人物が描かれていた。

幼いながらにキリリとした怜悧《れいり》な瞳を持っていた。背筋がピンと伸びている。小さなころはまだ朗《ほが》らかに笑うこともあったのだろうか。

彼は美しい女性——志麻子《しまこ》と手を繋いで歩いていた。

彼はだんだん青年になり、その瞳をまっすぐ前に向けている。

絵に描かれているのは、みな珠貴だ。

東院家当主の宗介も、普通の人間としての宗介も、結局のところ愛していたのは珠貴なのだ。

青藍は唇に薄い笑みを浮かべた。

「そんなことは、もうどうでもええんや」

青藍の頭の中にあるのは、父と月白が完成させたという美しい絵のことだけだ。

だからふいに思い出した父の手のあたたかさに、気がつかないふりをした。

その夜、茜は酒の肴《さかな》を持って青藍の仕事部屋を訪れた。あたたかくなってきた春の風を取り入れるように、障子《しょうじ》が半分開いている。

青藍が筆を握るでもなく、縁側でぼんやりと外を眺めていた。

「青藍さん」

声をかけると、ふと青藍がこちらを向いた。

「お酒飲むなら、声かけてくださいって言ってますよね」

青藍が気まずそうに視線を逸らす。酒は肴なしに飲まない、と約束したはずだった。

「……なんでわかった」

「今日は飲んでるだろうと思ったので」

茜は青藍の隣に腰掛けた。盆をずいっと差し出す。

夕食の残りの初鰹《はつがつお》の刺身を小さく切って、茗荷《みょうが》と生姜《しょうが》とちょっとの醬油で和《あ》えたもの。

若緑のエンドウ豆をふっくら蒸したもの。春キャベツと春玉葱《はるたまねぎ》とにんじんの浅漬け。

「……なんかにんじんばっかりやな、この浅漬け」

青藍がガラスの小鉢に盛られた浅漬けを見て、首をかしげた。確かににんじんの朱色の割合が多くなっている。

「すみれが嫌いって最近言うんですよね」

いくらかはがんばって食べさせたが、それで余ったのだという茜の言葉に、青藍が意外そうにへえ、とつぶやいた。

「すみれてにんじんだめやったんか」

実のところ、すみれのにんじん嫌いは昔からだ。父が亡くなって笹庵《ささあん》の家で暮らすようになってから、出されたものは好き嫌い関係なく全部食べるようになった。

それが最近また現れるようになったのは、青藍や陽時に甘えているからだと茜は思う。

ここが本当の家族のように、ようやく思えるようになってきている。

すみれが潑剌《はつらつ》と笑えるようになったのは、ここに来てからだ。

だから茜はこの人の力になりたいと、そう思うのだ。

春の夜風が吹き込む縁側に、酒の甘い匂《にお》いがする。しばらくの沈黙が続いたあと。

「――ぼくは、どこかで諦《あきら》め切れてへんかったんかな」

青藍が、酔いに浮かされたようにぽつりとそう言った。

「先代もぼくの父親やったんやて、思いたかったんかもしれへん」

片膝《ひざ》を立てた青藍は反対に手を後ろについて、夜空を見上げた。薄い三日月に春の星がちらちらと輝いていた。

結局、あの絵は珠貴のものだと青藍は言った。父と自分の間に親子の情はない、と。父の部屋の縁側に絵を持っていって、その出来不出来を問う。それだけの関係だった。

「先代が見たはったんは、ぼくの絵だけなんやな」

悲しいというよりは諦めが勝っているようだった。

欲が出たのかもしれないと、青藍がつぶやいた。

あの雪の絵に書かれた「息子」は、もしかすると自分なのかもしれないと。そう淡い期待をした。

「別に先代のことなんか、なんとも思てへんはずやったのにな」

茜は居住まいを正して、青藍と向き合った。

「青藍さん、わたし多田見さんから預かってるものがあるんです」

茜は持っていた封筒を青藍に差し出した。宗介が多田見に送ったものの一つだ。

やはりあのくらいの年齢の老人は、すべてを見透かしているのかと思うことがある。帰り際《ぎわ》の茜にそっとこれを持たせてくれたのだ。

青藍が猪口《ちょこ》を縁側に置いて、戸惑《とまど》いながらその手紙を広げた。

それはある初夏の絵だった。

東院家の本邸から見た庭だと、茜でもすぐにわかる。

池には睡蓮《すいれん》がぽつぽつと淡い紅色の花を開いていた。

見ているだけで、初夏のさわやかな風が吹いてくるようだった。草いきれすら感じる瑞々《みずみず》しい庭の木々は、雨のあとなのだろうか。その雫が陽光にキラキラと反射していた。

池の傍の石畳に、少年が一人うずくまっている。小学校の制服を着ていた。

手元には和紙、右手には筆が握られていた。

石畳の敷石を机代わりに、一心不乱に絵に向かっている。

その横には、顔彩《がんさい》の塗り込められた小さな皿が、宝石のように散らばっていた。

「……ぼくや」

青藍が、呆然とつぶやいた。

裏書きには、たった一言。

――彼はまるで、若菜のようです。

青藍はその瑞々しい初夏の絵を食い入るように見つめた。

人の見ている世界はみな違うと、月白に教えてもらった。誰とともに過ごすか、その日の気分、楽しかったか、哀《かな》しかったか。

世界はいつでも色合いを変えていく。その一瞬を切り取るのが絵だ。

絵の中の小さな少年は目を爛々《らんらん》と輝かせて、夢中になって筆を握っている。頬に緑色の絵具がついていた。

青藍は唇を結んだ。

これは父の見ていた世界だ。

これではまるで——父が自分のことを、愛《いと》おしんでくれたようではないか。

誰かの手がそっと自分の手に触れて、青藍は、は、と我に返った。

茜だ。

「わたしこの絵がすごくきれいだって思います」

ふいに父の手のあたたかさを思い出した。

小さいころ、絵が上手《うま》く描けた時だけ父は褒めてくれた。

月白と出会って、青藍の絵に鮮やかな色がつき始めたこと。最初父はそれを認めなかった。朱墨の筆で真っ赤になった絵を何十枚も重ねているうちに。ふとある日、父は言ったのだ。

——面白い絵を描くなあ、お前は。

かつての友、月白に絵を教わっていたこともきっと気がついていただろう。

あの時の気持ちを青藍は思い出した。

――……嬉しかったんだ。

父が愛しているのが、たとえ己の絵の腕だけだとしても。

茜が隣で言った。

「青藍さんの絵はこれ一枚しかなかったんだって、多田見さんは言ってました。でも、わたしはこの絵が好きです」

父は本当はあまり器用な人ではなかったのかもしれない。平等に愛を注ぐことも、東院の家と青藍を両方大切にすることもできなかった。

だからこれが父の精一杯だったのだろう。

あの雪の庭の絵の「息子」が、もう誰に向けた言葉でもいいと青藍は思った。

「阿呆な人やなあ……」

青藍の呆《あき》れたような声が、春の庭にぽつりと吸い込まれていった。

4

翌日、週末を待たずに青藍《せいらん》と茜《あかね》は東院《とういん》家を再び訪れた。風の強い日だった。

この間と同じ母屋《おもや》の客間で、珠貴《たまき》は青藍を迎えてくれた。

預かった絵のことだと言った青藍に、珠貴がその流麗な眉をわずかに寄せた。

「その絵やったら、お前にやった。うちとはもう関係あらへん」

「そうでもあらへんのです」

青藍が今にも立ち上がりたいとばかりに、そわそわしているのが茜にはわかる。今朝からずっとそうだったのだ。これは今すぐに、宗介《そうすけ》と月白《つきしろ》の絵を探しに行きたいと思っている。

「東院の邸《やしき》のどこかに、隠し部屋があると思います」

そう言った青藍に、珠貴はぽかんと口を開けた。

青藍は手紙の宛先の多田見《ただみ》を訪ねたこと、二十年前からの四年間、宗介と月白が秘密の部屋を作って、そこに絵を残したらしいことを伝えた。

「小学生のころ、ぼくはこの邸で月白さんに出会いました。その前あたりから、月白さんは定期的にここに通たはったみたいです」

東院宗介の病気がわかったのが、その少し前。珠貴もそれはわかったのだろう。

病気で自分の最期《さいご》を覚悟した宗介は、古くからの友人である月白に、しばらくぶりに連絡を取った。自分の最後の作品を描くために。

そして月白もまた——友のために何かしたいと、きっとそう思ったのだ。

「この絵はたぶん、その隠し部屋で描かれた絵です」

青藍が雪の庭の絵を、珠貴に差し出した。

「正面が東で、糺《ただす》の森とその奥に東山《ひがしやま》。南の端にしだれ桜が見えるてことは、東院家の敷地内やと北寄りの場所やて思うんです」

窓枠の端にわずかに描かれる建物は、おそらく母屋だ。

珠貴が口元に手を当てた。畳に置かれた絵をぐっと見つめる。

「この位置やと母屋でも離れでもあらへんな。東山が見えてるし、庭は見下ろすように描かれてるさかい、二階……三階以上やろか」

珠貴は呆《あき》れたように深く嘆息した。

「……邸の北に古い蔵がある。簞笥《たんす》やら使わへんお道具をしもてあるんやけど、二階から上はほとんど使われてへん」

「鍵ありますか」

青藍が勢い込んで立ち上がった。珠貴が困惑《こんわく》したように見上げる。

「なんでそんな急《せ》いてんのや」

「先代と月白さんの絵があるんですよ。そんなん——美しいに決まってる」

熱に浮かされたように、青藍の声がうわずっている。黒曜石の瞳が爛々《らんらん》と輝いて、口元には隠し切れない笑みが浮かんでいた。

「……ぼくは興味あらへん」

珠貴がそれに氷水を注ぐような冷徹さで言った。

そこからは東院家の当主ではない、「人間」の父が出てくると珠貴にもわかっているのだろう。

この人もこんな風に何かをためらうことがあるのだと、茜はどこか不思議に思った。

「お父さんは、崩れていく東院家の指針になる人やった。ぼくもそれを尊敬してた」

珠貴がその細い手をぎゅうと握りしめる。

「病気に浮かされて気弱になって、東院の矜持《きょうじ》を捨てた男が描いた絵を、ぼくは見たいとも思わへん」

じゃあ一人で行く、と駆け出していきそうな青藍の着物をとりあえずつかんで、茜は珠貴と向き合った。

「いいじゃないですか」

ずっと東院家の当主でいる必要なんて、誰にもないのだから。

「その部屋にいるのは、きっと東院宗介さんです。東院家の当主って人じゃなくて、青藍さんと珠貴さんのお父さんですよ」

茜の手から青藍の着物がするりと抜けた。あっと思う間もなくがしっと腕をつかまれて、青藍が反対の手で客間の障子《しょうじ》を勢いよく開けた。

これはもう絵のことしか見えていない。

青藍に引きずられるように立ち上がった茜は、まっすぐに珠貴を見つめた。

「珠貴さん、行きましょう」

ずいぶんとためらったあと。

珠貴が複雑な顔で、わずかにうなずいたのが見えた。

母屋を出て、北側に進んだ庭の端には、確かに細長い蔵が建っていた。扉には大きな錠前がぶら下がっている。

珠貴がその漆喰《しっくい》の蔵を見上げて眉を寄せた。

「あれ窓か？　三階に窓なんかあったやろか」

珠貴が見上げた先、三階の東側にはたしかに漆喰塗りの窓があった。外開きなのか細い金属の取っ手が見える。

「珠貴さん、はよ開けてください」

そわそわしっぱなしの青藍がぶっきらぼうに言った。珠貴がため息をついた。

「青藍お前、こうやって茜さんやすみれさんに、えらい迷惑かけてるんとちがうやろな」

それには茜も曖昧《あいまい》に笑っておくしかない。

蔵の重い扉を引き開ける。入り口の傍《そば》のスイッチを入れると、天井の豆電球がかろうじてぼんやりとした光を放った。

狭い蔵の奥、そびえ立っていた古い箪笥を横へどけて二階へ。さらにその奥に三階へ続く階段が確かにあった。段板は半ば腐り落ちていて、ずいぶん長い間放置されていたのだとわかる。

「風を通すとかせえへんかったんですか……」

青藍が袖《そで》で口元を覆《おお》って苦々しく言った。

板を踏み抜きそうな階段を慎重に上がると、その先は薄暗く判然としなかった。二階からの明かりで、わずかに部屋の中が見える。

長身の青藍が身をかがめているところを見ると、天井はかなり低いだろうか。壁面や床にもどうやら棚や物があるようだ。

がつん、と足をぶつけて何度か痛い思いをした結果、茜はポケットに突っ込んでいたスマートフォンを取り出して、ライトをつけた。

「便利やなあ……」

そう言った珠貴と青藍が同じ顔でこちらを見ていて、なんだか笑ってしまう。

天井にライトを向けると、電気が通っていた跡もあったが、今は空のソケットがぶら下がっているだけだった。

部屋の奥の壁に、板が打ち付けられている場所があった。板の隙間から窓の内側が見えている。外から見えた東側の窓だろうか。最後に誰かが——宗介か月白が塞《ふさ》いだのだろう。

「……誰か人呼ぶか」

珠貴が困ったように唸《うな》る。

そんなことをしなくても、窓さえ開けられれば外の光が取り込めるはずだ。茜はスマートフォンを青藍に押しつけた。

「一階に工具箱があったの見たので、釘抜きかなにか持ってきます」

「おい、茜！　危ないから……」

「大丈夫ですよ」

目が慣れてうっすらと見えてきているし、一階は電球の明かりもある。それより、この上等な着物を着た、なにかと育ちのいい兄弟にうろうろされるほうが気が気じゃない。

茜は階段をゆっくり下りて、目をつけていた工具箱を抱《かか》えて三階へ戻った。はらはらする青藍を尻目に、工具箱から釘抜きを引っ張り出す。

「君、そういうの使えるんか?」

珠貴に問われて茜はうなずいた。

「学校の授業で時々やりますよ。あと文化祭とか」

そもそも父の喫茶店はあまり業者を入れず、茜と父で改装したようなものなので、こういうことは得意なのだ。

窓枠とおぼしきところに足をかけると、ぱしっと反対側から珠貴にその手を取られた。

「女の子にお願いするわけにはいかへんやろ」

茜は思わずおそるおそる珠貴を見やった。

「あの、珠貴さんこそこういうの使ったことあるんですか?」

「君はぼくを何やと思うてるんや」

……深窓《しんそう》のご令嬢ぐらいのイメージだったとは、とても口にできない。

「昔は西洋画も一通り習《なろ》てたんや。キャンバス張るときに使うさかいね」

西洋画では大きなキャンバスを張るときに、釘で木の枠に打ち付けるのだそうだ。珠貴にもそういう時期があったのだと、茜は妙に感心した。

青藍が不機嫌そうにぼそりとつぶやいた。

「……東院の絵ばっかり描いたはるんやと思てました」

「東院を知るには、他のものかて知らなあかんやろ」

珠貴が釘抜きを持ってさっさと窓に近づいていく。

「ええから青藍、お前はそこ照らしとき」

板を打ち付けていた釘を抜き始めた珠貴は、確かに慣れているようだった。花も茶も嗜《たしな》む人だから、生来器用なのかもしれない。

青藍が感心している茜と珠貴を、慌てたように交互に見た。

「ぼくかて、それくらいできますから」

ほら、と青藍が半ば強引に茜のスマートフォンを珠貴に預けて、釘抜きを受け取る。

「ぼくかてキャンバス張る時もありますから。職人さんらの手伝いで、木材に釘打ったことかてありますしね」

ふふん、と妙に自慢げにそう言う青藍だが、茜としてはまったく信用が置けない。絵以外は不器用なくせに、何を張り合っているのだろうか。

どうせキャンバスを張るのだって陽時《はるとき》か涼《りよう》にやらせたに違いないし、職人たちの手伝いは早々に追い出されたに決まっている。

案の定、釘抜きに四苦八苦している青藍に、隣で腕を組んだ珠貴がふん、と鼻を鳴らした。

「その角のところを使えて言うてるんや、下手《へた》くそやなあ、青藍。ほら、貸してみ」

「……放っといてください。これぐらいぼくかてできます」

「全然できてるように見えへんけどなあ」

青藍がむきになっているのを、珠貴がからかって笑っている。茜はなんだか微笑ましい気分で見つめていた。

それは、どこにでもいる普通の兄弟のように見える。

もっと早く、こういう機会があってもよかったのかもしれない。子どものころに、互いが重いものを背負う前に。

だが微笑ましいのはいいが、これでは日が暮れる。

「青藍さん、時間切れです」

茜はさっさと青藍から釘抜きを取り上げた。

「珠貴さんそのまま照らしててください。青藍さんは横でおとなしくしててください」

青藍がどことなくバツが悪そうに、よそを向いたのがおかしかった。

また珠貴に止められる前に、茜はさっさと板を打ち付けていた残りの釘を抜いてしまう。

そのまま現れた扉を思い切り押した。

ぎぃ、と蝶つがいが軋む音がして、観音扉《かんのんとびら》が外に向かって開いていく。

差し込んできた陽光に、部屋の中がぼんやりと照らされた。

それはまさしく、秘密の部屋だった。

壁際《かべぎわ》には作り付けの棚があり、古い絵具の袋や瓶、小さな皿に筆、水差しなどがしまい込まれている。すっかりしけって虫の食った和紙が、適当に丸めてあちこちに立てかけられていた。

机が一つと、座布団が二つ。

埃《ほこり》を被《かぶ》った碁盤の上に碁笥《ごけ》が乗っていて、二人で碁を打っていたのだろうか。

時が止まったように静寂《せいじゃく》に沈んでいた。

両開きの重い扉を全開にする。

ぶわ、と、長方形に開いたそこから、風が吹き込んだ。

高く澄んだ空には、白い雲がたなびいている。

遠くに木々の萌《も》える東山が見える。手前には都ができるより前からあるという、神の森が、喧騒《けんそう》を吸い込んで静寂に変えていた。

眼下に映る白砂の庭の南には、芝生の丘にしだれ桜が花をつけている。

「あの絵や……」

青藍がぽつりと言う。あの雪の庭の絵と同じ構図だった。

まちがいなく、宗介がこの場所で描いたのだ。

茜はふ、と窓枠の右端に目をやった。白いものが視界をかすめたからだ。

そこにはまるで絵画に添えられるキャプションのように、小さな長方形の紙がピンで留められていた。ここを訪れた誰かに向けて、悪戯心の固まりのように。

そこには筆文字で名前が二つ書かれている。

――東院宗介、久我若菜。

その瞬間、茜はああっと声を上げた。

「青藍さん、これが絵なんですよ」

窓枠の内側に広がる、美しい景色そのものだ。

青藍が一歩下がって、まっすぐにその光景を見つめた。

「……借景《しゃっけい》や。この景色が――月白さんと先代が残さはった、東院宗介最後の絵なんや」

宗介と月白は、残されたわずかな時間を時折ここで過ごした。昔のように話し合ったり、酒を飲んだり、碁を打ったり。

好きな絵を描いたり。

そして人生の最後に宗介が手がけたのが、この窓いっぱいに広がるこの景色だったのだ。

視界の半分を埋める空と、遠くに見える東山、静寂の神の森を借景に。東院の庭を切り取るように窓を作った。

宗介は、ここをどんな思いで作ったのだろう。

結局東院を忘れられなかったということなのか。それともその先に広がる景色のように、自由を渇望したのか。

それはもうわからない。

瞬間、どう、と風が吹いた。

空の高いところで、雲がゆっくりと吹き千切れていくのがわかる。

しだれ桜の枝先が躍《おど》る。しなやかな枝が跳ね上がって——無数の花びらを散らした。

春の嵐だ。

久しぶりに吹き込んだ風で、部屋の中の紙が舞い上がる。

留め方が甘かったのだろうか。窓枠に留められていたキャプションが、はらりと舞い落ちた。

裏側に小さく文字があるのを茜は見つけた。まるで見つからなくてもいいと言わんばかりの、小さな筆文字が記されていた。

「青藍さん、これ……この絵のタイトルですよ、たぶん」

珠貴が息を呑んだ。

「……お父さんの字や」

珠貴と青藍が、頭を突き合わせてその小さな紙をのぞき込んだ。

四角四面の細い筆文字で、たった一行。

――蒼翠《そうすい》と春嵐《しゅんらん》

――青藍は、この雅号『春嵐』を月白からもらったと思っていた。

東院家を出たあと、最初に画展に出す絵を描いた時だ。だから月白が考えてくれたものだと、今の今まで思っていたのだ。

「……珠貴さんは、先代が遺言《ゆいごん》で告げられたんを、使《つこ》たはるんですよね」

珠貴が言葉もなくうなずいた。

蒼翠――瑞々しい森の緑を意味する言葉だ。

いつも背筋を伸ばし前を向き、何も欠点のないあの人の美しさと、神の森の傍で一族を率いる者としてふさわしい号だと思っていた。

東院の庭のしだれ桜が、そのしなやかな枝を跳ね上げている。

花が散る。青い空に、美しい森に。

瑞々しい新緑の木々を揺らして、強い風が吹いている。

蒼翠の森をかき乱す春の嵐だ。

そうして、嵐は新しい季節を連れてくる。

宗介はいつかこの景色を見て、青藍と珠貴を重ねたのかもしれない。

青空に広がる蒼翠の森は静寂と整然と統率を。それをかき乱す春の嵐は、鳴動と革新と自由を。

青藍は懐《ふところ》に忍ばせていた、雪の庭の絵をそっと開いた。

この絵は珠貴と青藍、どちらに向かって描かれたものなのだろう。その答えはたぶん、ここにあった。

真冬の雪に閉ざされた庭が、いま雪解けを迎えている。

嵐がかき乱したあとには――瑞々しい新緑の季節が来るだろう。

珠貴が肺の奥から吐き出すようにつぶやいた。

「ここから……ぼくとお前、両方を見ることができるんやな」

東院宗介という人の、きっとすべてがここにあるのだろう。

東院家当主としても宗介という一人の人間としても、父親としても。もとより人間を簡単に割り切ることなんてできない。

「見事やなあ」

珠貴がぽつりとそう言った。

その瞳には美しいものを目の当《ま》たりにしたときの、恍惚《こうこつ》とした好奇心が宿っている。たぶん自分の瞳にも。

背格好も違う。考え方も違う。置かれていた環境も違う。

けれど目を輝かせながら美しい景色に見入っているその姿を見て――ぼくらは確かに兄弟なのだと、やっと青藍はそう思うのだ。

誰ともなく蔵の窓を閉めた。元通り板を打ち付けて閉じ、蔵を出て、重い扉を閉める。

そこまで三人とも、一言も発さなかった。

外から見るとただの蔵の窓にしか見えない。それを見上げて珠貴がぽつりと言った。

「最後の最後で、お父さんも抱え切れへんかったんやな」

あの部屋には鮮やかな絵具がたくさん置かれていた。宗介が描き散らした絵の数々は、どれも東院流から外れた色鮮やかで大胆な筆遣いのものばかりだ。

月白とつけたであろう囲碁の勝敗表。酒杯を干したのだろう、いくつかの酒器。そこは年老いた友人二人の隠れ家だった。

「あそこでだけ、お父さんは人間に戻れたんですよ」

そう言う青藍に、珠貴が皮肉げに口元をつり上げた。

「——やっぱり、見るんやなかった」

珠貴の見上げた先には、再び閉じられた窓がある。

宗介も珠貴も、幼いころから千年を超える一族の長になることが決まっていた。それは現代のこの国で、どれだけの人間が背負わされることなのだろう。

逃げることもできない重いものを抱え、率いるために、宗介も珠貴も必死だ。

「珠貴さんかて……捨てたらええんや」

ぼそりとそう言った青藍に、珠貴はくるりと背を向けた。

背筋は凛と伸び、いつも行く末を見据えている。わずかにこちらを振り返った。

「——それをお前が言うんは、残酷やなあ、青藍」

神の森に住まう一族の長は、その美しい顔をほんの少し悲しそうに歪《ゆが》めた。

5

青藍《せいらん》は目の前に広がる、一枚の絵をじっと眺めていた。

障子《しょうじ》二面分ほどの巨大な絵は、月白《つきしろ》が青藍《せいらん》に遺《のこ》した最期《さいご》の課題だ。

黒々とした墨で桜の木が描かれている。ごつごつとした枝が、空を切り取っている。花はない。

少し前まで、この桜はただ一本でここに立ち尽くしていた。月白が死んで六年間、一筆も入れられないまま、青藍は毎日この絵を見つめて過ごした。

今は違う。

小さな動物がそこかしこに描かれている。まだ少ないものの、この半年で絵は幾分か賑《にぎ》やかになった。

この孤独な桜は自分自身だと青藍は思う。一つきりだったここに、茜《あかね》色と菫《すみれ》色の雀《すずめ》を描き、金色の猫を描き、子犬と鷹《たか》と子猫、そして狐を描いた。

いつかこの桜に、花が咲く日が来るだろうか。

その時この絵には、何が描かれているのだろうか。

青藍は、ふ、とため息をついて絵から視線を逸《そ》らした。

「青藍さん」

呼びかけられて、青藍は振り返った。部屋の入り口で茜が苦笑している。

「ご飯だって、呼びに来ました」

外はすっかり闇に沈んでいる。帰ってきたのは日もまだ高いころだったから、あれからどれほどここに立ち尽くしていたのだろうか。

右手にぶら下げるように握っていた筆先は、墨がすっかり乾いている。畳に墨の垂れた跡があった。

絵を描こうとしていたのだった。

この月白の桜に、一つ描き加えようとしていた。

「――……蒼《あお》い龍を、描こうと思た」

青藍は脱力したようにその場に座り込んだ。茜が慌《あわ》てて、足元に置かれたままになっていた墨の皿をどかしてくれる。

父は自分の一番辛《つら》い部分を兄に託した。東院《とういん》家という重くてとても大切なものを。

美しい神の森から、蒼翠《そうすい》という名を珠貴《たまき》に与えた。

けれど父には当主とは違う人間の部分があって、その柔かい部分を担《にな》ったのが月白であり、そして己《おのれ》なのだと思う。

だから静寂《せいじゃく》をかき乱す嵐の名は、青藍がもらった。

「珠貴さんは嵐を選ばれへん。ぼくはあの重さを背負われへん」

だから残酷だと珠貴は言ったのだろうか。

胸の内に渦巻く、筆を止めてさせたこれはたぶん罪悪感だ。

「ぼく一人だけが、あの邸《やしき》から逃げた」

自分の手のひらを、何かあたたかいものが握ってくれたのがわかった。

「どっちを選んだって正解も間違いもないですよ」

茜の声は時々、青藍の一番柔らかい心の内を揺さぶる。

「珠貴さんも青藍さんも、選んだほうで辛いこともあったし、楽しいこともあったと思うんです。……楽しいって言い方は、子どもっぽいかもしれないですけど」

茜が困ったように笑う声が、柔らかく耳に響いた。

目頭《めがしら》が熱い。

何年ぶりだろうか。

月白が死んだとき、自分は泣いたのだったか。

「選ばなかったほうを、今から追いかけたっていいし。別に遠いところを歩いてるわけじゃないんですから、ときどき助けてあげればいいんです」

部屋が暗くてよかった。

南には、月白の光が淡く灯《とも》っている。

あのほの青い月明かりは、都合の悪いものを全部覆《おお》い隠してくれる。

「――……兄さんが、せめて少しでも幸せやったらとそう思う」

あの一族は嫌いだ。それでもそこで懸命に生きている美しい人が、幸せでありますようにと。

　青藍はそのとき初めて願ったのだ。


　今朝、宅配業者が届けてくれた真四角の箱が、リビングのテーブルに鎮座している。茜はそれをまじまじと眺めていた。

「絶対高い」

　茜の震える声に、すみれがきょとん、とこちらを見上げてくる。

「開けないの？　すみれ、何が入ってるか見たい！」

「待って！　心の準備がまだ！」

　だって明らかに高級なやつだ、と茜は震える指先で差出人の名をなぞった。

　東院珠貴と書かれている。

　いつも月白邸にかつての住人から届くのは、サンマの入った細長い発泡スチロールだったり、果物が詰まった妙に固いダンボール箱だったり、そういうものだ。せめて乱雑にガムテープで留《と》めておいてくれれば、開けるのにこんな緊張したりしない。

外はつるりとした紫の包み紙で、百貨店の名前が印字されている。『御礼』なんていう熨斗《のし》がくっついていて、細いリボンが巻かれていた。それになんだかずしりと重い。絶対高い。

珠貴のことだ、こういうのにはこだわる人だという確信がある。

いつもより三倍時間をかけて、ゆっくりと包み紙を剝《は》がした。中から風呂敷に包まれた桐《きり》の箱が出てきたときは心臓がドキドキうるさかった。

桐箱の中は、奇妙な詰め合わせだった。

下鴨《しもがも》の高級料亭の出汁《だし》セットは、鰹《かつお》と昆布で丁寧《ていねい》に取られたものだ。端に規律正しく詰められた四人分の鯛《たい》茶漬けが、いっそ神々《こうごう》しい光を放っていた。その横には、東山《ひがしやま》のホテルがパリのパティシエとコラボしたという、限定スイーツの詰め合わせだ。

茜は震える手で、出汁セットを持ち上げた。

隣ですみれが、同じようなキラキラした顔でマカロンの小さな包みをかざしている。きっと姉妹で同じ顔をしているだろう。

「これ、おすましにしたら絶対おいしい……！」

とにかくお礼を言わなければ、と茜は慌てて電話に駆け寄った。

何コールかのあと、取り次ぎがあって珠貴の涼やかな声が聞こえた。

「たいしたもんやあらへんさかい」

とお決まりの文言を添える。

それより、と電話の向こうの声が深まったのがわかって、茜はぎくりと背筋を伸ばした。勢いでお礼の電話をかけてしまったけれど、本来東院珠貴という人は、茜にとってもすみれにとっても、青藍たちにとっても複雑な立場の人だ。

「――お礼に、茜さんに見合いでも世話しよか？」

予想外の言葉が飛んできて、茜は一瞬あっけにとられた。

返答に窮《きゅう》していると、がっと横から手が伸ばされる。仕事部屋から出てきた青藍だ。いつの間にか陽時《はるとき》もその隣にいた。

「余計なお世話です！　茜にはまだ早い！」

珍しく兄に対して声を荒らげた青藍が、挨拶《あいさつ》もそこそこに叩きつけるように受話器を置いた。電話の向こうは最後まで、珠貴の笑い声が残っていた。

陽時がしかめ面《つら》で、送られてきた箱をのぞき込んでいる。

「茜ちゃんとすみれちゃんから懐柔《かいじゅう》する気だな、あの人」

「茜もぼんやりしてたらあかん。さっさと断り」

青藍にそう言われて、茜は肩をすくめた。

「冗談ですよ。だれも高校生相手に本気でお見合いなんか考えてないですって」

その途端、ぐるりと青藍と陽時の目がこちらを向いて、茜はぎくりと肩を震わせた。

「あの人はやる。言質《げんち》取らせたら、明日にでもお前の婿《むこ》やいう男が来るぞ」

「最低でも三人は来る。気をつけて茜ちゃん」

陽時もうんうんとうなずいている。そんな馬鹿な、と思うのだけれど、やりかねないとも思い直して、茜は神妙にうなずいておいた。

油断も隙《すき》もない、とぶつぶつつぶやいている青藍は、けれど東院家に対するいつもの、あの陰鬱《いんうつ》とした空気はない。

ほんの少しでも、珠貴とわかり合うことができただろうか、と茜はふとそう思った。

「せっかくおいしいお菓子をもらったので、お茶にしましょうか」

茜がそう言うと、すみれが飛び上がって喜んだ。

箱の中から、自分の好きなお菓子だけを選び取っている。

「すみれ、みんなで食べるんだからね」

しっかりと釘を刺しておかないと、青藍と陽時は際限なく妹を甘やかすのだ。

ケトルにお湯を沸かして、コーヒーを淹《い》れる。

ふつふつとドリップする間に、ふわりと立ち上るこの香ばしい匂《にお》いが好きだ。

四人分。誰かにコーヒーを淹れることができる。

「……茜、珠貴さんに何か言われたら、まずぼくに言うんや」

キッチンに入ってきて何を言うかと思えば、と茜は小さく笑った。

青藍は結局、あの月白の遺《のこ》した桜の絵に蒼《あお》い龍を描くことはなかった。珠貴と向き合って、お互いわかり合うにはきっと時間がかかる。

けれどこの人たちは確かに兄弟だ。

あの最後の絵を二人で眺めていた背を思い出して、茜はそう思う。

ソファでは陽時とすみれが、嬉しそうに菓子を選んでいる。リビングに差し込む陽光はすでに夏の気配をはらんでいた。

冷蔵庫には、あの桜のゼリーが冷やしてあった。

青藍がなんて言ってくれるのか、茜は今から楽しみで仕方がない。

庭のしだれ桜はすっかり瑞々《みずみず》しい青葉になっている。

遅い春は終わり、嵐が過ぎ去り――初夏が訪れようとしている。

主要な参考文献

『図解　日本画用語辞典』東京藝術大学大学院文化財保存学日本画研究室編（東京美術）二〇〇七年
『定本　和の色事典』内田広由紀（視覚デザイン研究所）二〇〇八年
『暮らしの中にある日本の伝統色』和の色を愛でる会（ビジュアルだいわ文庫）二〇一四年
『近代京都日本画史』上田彩芳子　中野槙之　藤本真名美　森光彦（求龍堂）二〇二〇年
『地図で読む　京都岡崎年代史』小林丈広監修　京都岡崎魅力づくり推進協議会（京都岡崎魅力づくり推進協議会）二〇一二年
『日本美術史　カラー版』辻惟雄監修（美術出版社）一九九一年

※この作品はフィクションです。実在の人物・団体・事件などにはいっさい関係ありません。

集英社オレンジ文庫をお買い上げいただき、ありがとうございます。
ご意見・ご感想をお待ちしております。

●あて先
〒101-8050　東京都千代田区一ツ橋2-5-10
集英社オレンジ文庫編集部 気付
相川　真先生

京都岡崎、月白さんとこ

花舞う春に雪解けを待つ

集英社
オレンジ文庫

2022年1月25日　第1刷発行

著　者　相川　真
発行者　北畠輝幸
発行所　株式会社集英社
〒101-8050東京都千代田区一ツ橋2-5-10
電話【編集部】03-3230-6352
【読者係】03-3230-6080
【販売部】03-3230-6393（書店専用）
印刷所　図書印刷株式会社

ISBN 978-4-08-680430-1 C0193

相川 真

京都伏見は水神さまのいたはるところ

シリーズ

①京都伏見は水神さまのいたはるところ

東京の生活が合わず、祖母が暮らす京都に引っ越した
高校生のひろを待っていたのは予期せぬ再会で…？

②花ふる山と月待ちの君

幼馴染みの拓己と水神のシロに世話を焼かれながら
迎えた京都の春。ひろが聞いた雛人形の声とは。

③雨月の猫と夜明けの花蓮

高校2年になったひろは進路に思い悩む日々。
将来を決められずにいる中、親友の様子に変化が!?

④ゆれる想いに桃源郷の月は満ちて

大きな台風が通過した秋のこと。ひろは自分と同じように
人ならぬ者と関わる力を持った少女と出会う…。

⑤花舞う離宮と風薫る青葉

実家の造り酒屋を継ぐはずだった拓己に心境の変化が!?
さらに拓己の学生時代の彼女が突然やってきて…？

⑥綺羅星の恋心と旅立ちの春

拓己の東京行きが決まり、ひろは京都の大学へ。
そしてずっと一緒だったシロとの関係もかわっていき…。

好評発売中

【電子書籍版も配信中　詳しくはこちら→http://ebooks.shueisha.co.jp/orange/】